*Poussières d'anges*

## DU MÊME AUTEUR

*Asphyxie*, Florent Massot, 1996,
J'ai lu, 1998, n° 4893

*Superstars*, Flammarion, 2000,
J'ai lu, 2002, n° 6194

Ann Scott

# *Poussières d'anges*

*Librio*

*Inédit*

Une version différente des *Collines de Brixton* est parue sous un autre titre dans la revue *NRV* n° 2, Éd. Florent Massot, mars 1997.

*à L.,*

*pour N.*

*« Si vous faites advenir ce qui est à l'intérieur de vous,*
*ce que vous ferez advenir vous sauvera.*
*Si vous ne faites pas advenir ce qui est à l'intérieur de vous,*
*ce que vous ne ferez pas advenir vous détruira. »*

T. DE QUINCEY

# LES COLLINES DE BRIXTON

Il s'appelait Arnaud. Dès le lendemain de notre rencontre il avait tenu à ce que je m'installe chez lui. Il avait vingt-trois ans, j'en avais vingt.

On n'était ensemble que depuis un mois quand il a suggéré qu'on quitte Paris. Il s'imaginait que partir changerait les choses. Il avait choisi Londres parce qu'on se débrouillait tous les deux en anglais. Il disait qu'il s'occuperait de tout, que son père était « riche ». Ça faisait déjà un moment que je n'espérais plus rien en général, je n'avais donc pas grand-chose à perdre.

Il a opté pour le 1^er^ janvier et on est partis de nuit. Il aimait bien l'idée qu'on se réveille ailleurs, que cette nouvelle année *commence* ailleurs. Je n'ai pas trop compris quand on s'est retrouvés à une porte de Paris avec « Calais » griffonné sur un bout de carton – et le fric de son père alors ? Mais je n'ai pas posé de questions, peut-être n'y avait-il pas de trains ce soir-là... de toute façon je m'en foutais, j'avais mon compte, on était convenus que je ne décrocherais qu'une fois sur place.

On a testé trois banquettes de semi-remorques et chaque fois j'ai dormi d'une traite. Parvenus à Calais, on a dû attendre le bateau de longues heures, on pouvait le voir depuis la baie vitrée du hall, prisonnier des vagues à l'entrée du port. Arnaud avait la phobie de vomir, il se bouchait toujours les oreilles quand je passais dans sa salle de bains. Aussi quand le bateau a enfin accosté et qu'on en a vu descendre les passagers maculés de vomissures, j'ai soupiré en songeant que c'était déjà bien d'avoir essayé. Mais à ma grande surprise, Arnaud a ramassé nos sacs et s'est dirigé vers la passerelle. Après, de toute la traversée je ne l'ai pas vu, mais je crois que sa peur d'être malade l'en avait préservé.

Dans le train qui nous menait ensuite vers Londres, ça a été au tour d'Arnaud de sombrer, recroquevillé sur nos sacs dans le couloir où on avait dû s'installer faute de réservations. Adossée contre la porte, je regardais la campagne défiler, mornes kilomètres de plaines où la seule indication de vie était une timide volute de fumée s'échappant çà et là de fermes isolées. Des images se succédaient dans ma tête, comme Arnaud faisant précipitamment de la place dans les placards de son studio pour accueillir mes quelques affaires, ou dépliant timidement une photo de moi prise dans une fête bien avant qu'on se connaisse... Je revoyais aussi les comptoirs des diverses pharmacies visitées durant les deux derniers jours pour faire le plein de plaquettes de Néocodion. Mon regard revenait alors se poser sur Arnaud, et bien que reconnaissante d'être là, au chaud, plutôt qu'à me geler dans les rues de Paris en attendant un plan, je le trouvais vraiment gonflé de nous faire voyager dans ces conditions, alors que son père avait dû lui donner un sacré paquet.

Et puis on est entrés en gare de Victoria, en un rien de temps tous les passagers se sont dispersés, et on s'est retrouvés là comme deux cons, tous seuls avec nos sacs sur le quai glacial. Une lueur d'angoisse a traversé le regard d'Arnaud, mais de nouveau il a ramassé les sacs et a désigné la cafétéria de la gare.

Il m'a laissée seule le temps de trouver des cigarettes, et je songeais à la fois précédente où j'avais débarqué dans cette même gare et m'étais assise dans cette même cafétéria... plusieurs heures à attendre, avant de pouvoir réveiller Ian par téléphone pour lui demander où il irait le soir sans lui laisser comprendre que je venais d'arriver... En revenant, Arnaud a dit s'être hasardé au-dehors et le brouillard était tel qu'il ne distinguait même pas la buée qui s'échappait de sa propre respiration. Il a ajouté que ça faisait vraiment bizarre, de se retrouver dans une rue où on ne voyait pas à deux mètres et qu'on ne pouvait pas reconstituer de mémoire pour n'y être jamais venu auparavant. Moi j'avais la ville entière gravée dans la tête et je commençais à me dire que ce n'était peut-être pas une si bonne idée de redébarquer là.

On est restés sous les néons criards à boire du thé trop fort, on se parlait à peine, on regardait juste vaguement autour de nous. En fait on ne faisait que ça, suivre du regard les rares silhouettes qui traversaient furtivement le hall de la gare. Ça, et tourner et retourner la cendre de nos cigarettes dans le petit cendrier rond en aluminium. Il devait être dans les six heures du matin et Arnaud se taisait, probablement conscient que l'argent qu'il pouvait avoir dans ses poches ne lui indiquait pas pour autant la direction à prendre. De mon côté je ne confessais toujours pas que la ville ne m'était pas du tout inconnue. Non seulement j'estimais que pour tenter de repartir de zéro il fallait éviter les portes familières, mais petit à petit, je commençais à être émue par la détermination d'Arnaud que l'aveu aurait anéanti.

Et puis on les a vus passer. Trois d'abord, suivis de deux autres. Et avant même que je réalise, Arnaud s'était emparé de nos sacs et attendait à la porte de la cafétéria qu'il retenait ouverte de son dos, me faisant signe que je reboutonnerais ma veste en jean plus tard, qu'on risquait de les perdre. On a dévalé l'escalier qu'ils venaient d'emprunter, on a débouché sur le quai du métro, et là on s'est retrouvés bien emmerdés parce qu'en fait ils n'étaient pas tous ensemble. Les deux derniers s'étaient affalés sur un banc tandis que les trois autres continuaient de marcher. Arnaud m'a interrogée du regard, j'ai fait signe que c'était du pareil au même. Arnaud a alors chuchoté que les coupes de cheveux des deux derniers étaient plus réussies que celles des autres. On s'est donc assis à distance, pour se relever aussitôt car la rame arrivait.

La tête inclinée contre la vitre, je me suis laissée aller à la monotonie des briques rouges du tunnel, somnolant par instants. Arnaud, lui, paraissait lutter pour ne pas fermer les yeux, probablement de peur de les rouvrir sur des sièges vides. Ils nous faisaient face deux rangs plus loin. L'un avait une immense crête bleue avec les côtés orange à ras, l'autre des petits pics verts comme la Statue de la Liberté. Inconsciemment, Arnaud avait dû choisir ces deux-là parce qu'au vu de leurs fringues ils avaient l'air plus branchés, donc moins fauchés, donc moins galère...

Ils se sont levés brusquement, au moment même où les portes allaient se refermer et on a juste eu le temps de bondir. J'ai eu un choc en découvrant le panneau « Brixton »... On a longé les couloirs et grimpé les escaliers à leur suite, et je me demandais ce qu'Arnaud allait trouver pour les aborder. Celui aux cheveux bleus m'a tenu une porte et j'en ai profité pour lui demander du feu. Les yeux baissés sur la flamme de son briquet, j'ai noté la crasse sous les ongles, les extrémités effilochées des mitaines, la forte odeur de nicotine que dégageaient les index, et j'ai relevé un regard amusé sur Arnaud qui m'a ignorée. On n'a pas eu à demander, ça se voyait à nos sacs qu'on n'avait pas où aller.

On remontait Brixton Hill en silence, eux quelques pas devant, et je songeais que ce serait quand même insensé d'atterrir dans le même squat que le précédent... À chaque rue transversale je tournais discrètement la tête, me demandant si les façades perdues dans le brouillard abritaient encore des gens que j'avais pu connaître avec Ian. Dans le jour gris qui s'était enfin levé, la fatigue avait creusé de larges cernes sous les yeux clairs d'Arnaud, faisant ressortir l'innocence de son visage de beau gosse tout de même un peu perturbé de se retrouver là. Je me suis alors promis que passé le court délai nécessaire pour lui faire regretter cette stupide initiative, je nous ferais changer de décor.

On a bifurqué entre deux maisons et on a débouché dans un jardin à l'abandon. De hautes herbes recouvraient des sacs-poubelle éventrés, un matelas, de la ferraille. Au fond se dressait une imposante bâtisse de briques brunes dont plus aucune des fenêtres n'avait de vitre. Ils nous ont laissés seuls dans la cuisine où j'en ai profité pour laver des tasses et mettre de l'eau à bouillir, puis le type aux cheveux bleus est revenu. On a bu nos thés en silence, après quoi il nous a accompagnés au pied de l'escalier et a dit qu'on pouvait dormir à l'étage dans le salon. Il a ajouté qu'au réveil il verrait si on pourrait prendre une des chambres inoccupées.

À voir l'état de la pièce, j'ai pensé que là Arnaud allait quand même tiquer : la moquette beigeasse était jonchée de papiers gras, parsemée de brûlures de cigarettes et elle dégageait une forte odeur de bière. Mais Arnaud s'est contenté de regarder si le canapé se dépliait, ce n'était pas le cas alors il a retiré les coussins qu'il a commencé à disposer par terre. De mon côté je suis partie à la recherche des toilettes, et je me rappelle qu'une fois assise sur la cuvette, les extrémités de ma ceinture serrées entre mes dents, j'ai songé que je ne me voyais pas une seule seconde décrocher.

Plus tard, en fin de journée, quand j'ai fini par émerger, la pièce avait été entièrement rangée. Dans le couloir je suis tombée sur Arnaud qui montait un matelas aidé du type aux cheveux bleus. Pendant que je dormais ils avaient fait sauter le cadenas de la chambre voisine, et Arnaud avait non seulement réglé un mois de loyer d'avance, mais il était descendu dans Brixton acheter tout ce dont on allait avoir besoin : matelas donc, petite télé, petit magnétophone, une armoire et une table avec deux chaises. Il avait également trouvé le temps de passer une première couche de peinture blanche sur les quatre murs. Mais au lieu d'en être épatée, je me suis sentie comme envahie d'une sorte de rage glaciale : à un moment ou à un autre, Arnaud allait fatalement faire remarquer que maintenant ce serait à moi de jouer, et je n'aurais vraiment pas d'autre choix que de considérer mon fix du soir comme étant le dernier.

De cette première semaine de sevrage il n'y a rien à dire. Rien d'autre que la merde habituelle, sueurs crampes grattage diarrhée vomissements, le tout ponctué de cauchemars visqueux dont j'émergeais complètement larguée de ne pas reconnaître où je me trouvais. Arnaud s'est montré plutôt courageux à vider régulièrement la bassine qu'il m'avait installée près du matelas. Puis la semaine suivante, ignorant ma faiblesse aussi bien mentale que physique – même formuler l'envie d'un verre d'eau constituait un effort considérable –, il m'a entraînée partout. Expos, ciné, restau, balades, on a passé notre temps dans les bus. J'étais trop lessivée pour véritablement apprécier, mais je suppose que j'étais quand même sensible à l'enthousiasme déployé.

L'autre demi-douzaine d'habitants du squat étaient tous des branleurs de base qui vivaient du chômage, des photos que les touristes prenaient d'eux sur King's Road, et des consignes de bouteilles de bière dont la monnaie leur servait pour le compteur d'électricité à pièces accroché dans l'entrée. Tous étaient des punks de la deuxième heure qui écoutaient des groupes pourris, sauf celui aux cheveux bleus, Pete, qui était batteur dans un groupe gothique.

C'est à son contact que très vite, Arnaud s'est découvert une passion pour la batterie et qu'il s'est mis à apprendre à jouer dans un squat voisin. Les autres squats plus bas n'abritaient plus aucune des personnes que j'avais connues auparavant, mais en ce début d'année 86, ils regorgeaient de membres de groupes comme Fire On Ice avec un clone de Jim Morrison, Under Two Flags qui faisait parfois les premières parties des Clash, ou encore un groupe de glam rock finlandais dont le chanteur, Mike, faisait penser à David Lee Roth avec sa crinière blonde et ses kilomètres de foulards qui pendaient de ses manches. Quand on n'était pas chez les uns ou chez les autres, on restait à la « maison » où c'était eux qui passaient, et le temps filait comme ça. Je commençais à croire que je ne retoucherais peut-être plus jamais à l'héro. De temps à autre, je faisais quand même remarquer à Arnaud que quelques-uns de ceux qu'on voyait en prenaient, mais il se contentait de hausser les épaules en me disant d'être « forte ».

Dernière station sur la ligne sud du métro, Brixton est le quartier noir de Londres. À l'époque, c'était dans ce coin-là qu'étaient installés les meilleurs studios d'enregistrement et c'était également là qu'on trouvait les meilleurs percussionnistes, aussi n'était-il pas inhabituel de croiser des mecs connus roulant au ralenti à la recherche d'une perle pour leur album en cours. Dans la continuité de Brixton Avenue, l'artère principale nichée dans une cuvette, vient Brixton Hill qui comme son nom l'indique grimpe une colline. Le spectacle du 159, unique bus à desservir l'interminable côte – et qui à l'époque était encore ouvert à l'arrière pour permettre de monter ou descendre n'importe quand – était des plus cocasses avec ses grappes humaines qui s'agrippaient partout où on pouvait trouver prise, pour s'éparpiller ensuite au gré des rues adjacentes où s'alignaient à l'infini les fameuses petites maisons à trois faces. Aujourd'hui, un tas de commerces ont poussé de partout, mais à ce moment-là, dans la partie basse de Brixton Hill, on ne trouvait que quelques grossistes de moquettes et de papier peint, puis tous les cinq cents mètres le même décor se répétait : un marchand de journaux qui vendait aussi bien des cigarettes que des sacs-poubelle, une épicerie tenue par un Pakistanais, une laverie automatique où un écriteau prévenait de ne pas laisser son linge sans surveillance, et enfin une *off licence,* magasin d'alcool ouvert tard le soir.

Le temps était resté doux pour cette seconde moitié de janvier, un fond d'air froid mais sec avec un ciel bleu pâle souvent pur de tout nuage, encore propice aux activités extérieures du dimanche après-midi. Ça commençait à la sortie de l'église gospel qui déversait des familles entières restant à bavarder sur les trottoirs, puis ça se poursuivait un peu partout. Dans Brockwell Park on croisait d'adorables petites filles aux longs cheveux tressés de rubans blancs, des laveries montaient d'hystériques rires de femmes qui s'entraidaient pour plier les draps, tandis qu'à travers les vitrines des barbiers on pouvait voir les maris qui attendaient assis dans leurs plus beaux costumes. Le lavage des voitures se faisait entre voisins, à se prêter l'éponge ou le tuyau d'arrosage, et tout au long de Brixton Hill, les bas-côtés vibraient d'écrasantes pulsations de rap qui s'échappaient de *ghetto blasters*. Pendant ce temps-là, chez nous et dans quelques autres grandes baraques en ruine, la poignée de blancs qu'on constituait récupérait, comme n'importe quel autre matin de la semaine, de s'être retourné la tête bien comme il faut.

Au début du mois de février, Arnaud a cessé de participer aux habituelles soirées à écouter de la musique en faisant tourner pétards et bouteilles. Il disait préférer regarder la télé. En fait il ne supportait plus la présence de Mike, le chanteur aux foulards qui me faisait un rentre-dedans sévère. Je refusais de rester cloîtrée dans la chambre rien que pour le rassurer, mais quand je montais enfin me coucher, quelle que soit l'heure et malgré le froid, je venais m'allonger nue contre lui. Et dans ces moments-là, il aurait pu dire qu'il était tout pour moi parce que je me donnais tout entière. Tout ce que je ne parvenais pas à exprimer ou à tout simplement ressentir dans la banalité du quotidien, j'en étais envahie à la seconde où il me pénétrait. Je laissais alors tout sortir, et lui, en me serrant fort sous lui, m'empêchait de partir en morceaux.

Et puis un matin, je n'ai pas eu assez de monnaie pour aller acheter du pain, alors j'ai réveillé Arnaud afin de savoir où était son argent, et il a annoncé qu'il ne restait plus rien. Il s'est assis en tailleur sur le lit et ses yeux se sont mis à briller tandis qu'il expliquait que la « vraie vie » allait enfin commencer. Il n'avait demandé à son père que de quoi tenir un mois, pour qu'ensuite on se débrouille. Il a ajouté qu'il s'était renseigné et qu'on avait droit au chômage, qu'on n'avait qu'à commencer par là en attendant de se trouver du travail. Et là j'ai explosé. J'ai crié que je connaissais Londres par cœur, que j'y venais depuis que j'avais douze ans, que rien que l'année d'avant j'habitais encore trois rues plus bas dans un squat identique à celui-ci, que j'avais déjà été signer au chômage et que je n'avais pas que ça à foutre de perdre mon temps avec une saloperie de fils à papa en quête de sensations fortes.

J'aurais dû me contenter d'aller faire quelques pas dans le jardin, mais au lieu de ça je suis allée directement au squat de Mike. Et tandis qu'il entrait d'un coup en laissant échapper « putain enfin ! », j'ai murmuré qu'avec de la blanche, je serais encore meilleure.

Le lendemain, on était devant le guichet du DHSS [1], exactement au même endroit que du temps de Ian, Arnaud n'en revenait pas d'entendre le type lui confir-

1. Departement of Health and Social Security, équivalent de l'ANPE.

mer qu'en tant que ressortissants de la CEE on allait effectivement bénéficier d'une allocation, et moi je n'en revenais pas de me retrouver dans les mêmes foutus plans que la fois d'avant. Quarante livres tous les quinze jours, un peu moins de neuf cents francs par mois, et Arnaud qui n'en finissait pas de répéter, sur le chemin du retour, à quel point il était fier de ne pas avoir eu à appeler son père.

Quelques jours plus tard j'ai remis ça avec Mike, mais cette fois, le soir j'ai oublié de cacher la trace de piqûre en me déshabillant. Arnaud a commencé par tout bousiller dans la chambre, puis il m'a pris les mains en sanglotant et a annoncé qu'il allait partir, accompagner Pete dans une tournée de dix jours pour me laisser le temps de décrocher. Il voulait que je fasse ça seule parce qu'il n'était pas prêt à le revivre. J'ai essayé de lui expliquer qu'en aucun cas je n'étais déjà de nouveau accro, mais rien n'y a fait.

J'avais chargé Pete de le lui faire comprendre, en vain. À leur retour Arnaud n'était plus qu'une masse d'angoisse. Évidemment, en son absence, j'avais consommé tous les jours avec Mike, mais pas encore au point d'être de nouveau mal, si bien que ça n'a pas été trop difficile d'arrêter net. Mais malgré ça, Arnaud ne se lassait pas de scruter la taille de mes pupilles. Alors j'ai tenu une semaine sans rien prendre, puis j'en ai eu marre de me faire sans arrêt engueuler pour rien et je m'y suis remise. D'abord en cachette et ensuite ouvertement. Et à partir de là, Arnaud s'est fait un devoir de me pourrir la vie. Il restait allongé à côté de moi, à essayer de me détruire avec des mots. Des mots tellement écœurants qu'il ne pouvait que les prononcer à voix basse. Des mots qu'il énonçait lentement, détachant les syllabes comme pour bien en alourdir l'effet, cherchant sans cesse les termes les plus exacts pour me fouiller et me blesser au plus profond. Qu'est-ce que tu fais de toi-même, où tu vas, voie de garage...

Un soir, il est venu s'asseoir au bord du lit et est resté tourné vers la télé un long moment, avant de finir par lâcher qu'il commençait à avoir mal au cœur. Je me suis redressée péniblement, ne parvenant pas à percer son regard qui me semblait différent d'ordinaire, jusqu'à ce que j'y découvre enfin toute l'horreur de la chose. Qui pouvait bien avoir été assez *débile* pour lui en donner ? Il s'est relevé et a dit qu'il allait marcher pour que ça passe. Je l'ai rattrapé à la porte, ça n'allait pas passer. Il tremblait sur le chemin des toilettes. Il ne voulait pas s'agenouiller devant la cuvette, rien que la position le traumatisait. Je l'ai longuement serré en lui expliquant qu'en fait ça allait le soulager, et pour finir il a accepté de tenir ma main, ne la lâchant que quand c'est remonté pour s'agripper à la cuvette.

Ensuite je ne savais pas quoi dire, alors je suis restée à caresser tendrement son front. La nuque enfoncée dans l'oreiller, il fixait le plafond et disait qu'il détestait l'effet. Qu'il se sentait partir et ne comprenait pas que je puisse passer des journées entières à ça. Et je me suis dit que si je n'étais pas capable de me prendre en main, je devrais au moins le renvoyer à Paris.

Le lendemain matin, il faisait à peine jour quand l'explosion d'un gyrophare nous a tirés du sommeil. Le temps de nous habiller, de ramasser nos passeports et on est passés par la fenêtre qui donnait sur le jardin. On est descendus sur Brixton Avenue et on a attendu l'ouverture du *Woolworth*[1] où Arnaud m'a aidée à tirer deux Walkman que j'ai revendus rapidement à deux types. Mais ça n'a servi à rien, on était bien une quinzaine à arpenter le trottoir, le nez coulant, et pas un plan en perspective, juste des rumeurs d'arrestations de partout. Du coup, par petits groupes on a sillonné les pharmacies du quartier pour acheter des bouteilles de Codeine Linctus, du sirop encore plus dégueulasse que le Néocodion, et Arnaud suivait sans broncher.

1. Équivalent du Prisunic.

Quand à la nuit tombée on s'est hasardés à remonter l'avenue, la maison était plongée dans l'obscurité. On a fait le tour des pièces à la lueur de nos briquets et il n'y avait aucune trace de départ, comme si rien n'était jamais arrivé, sauf qu'il n'y avait plus personne... Il restait de l'argent des Walkman, mais pas de pièces de cinquante *pence* pour le compteur d'électricité ou les radiateurs. J'étais trop mal pour ressortir faire de la monnaie, et je ne voulais pas non plus qu'Arnaud y aille de peur qu'il ne revienne pas. Alors on s'est enroulés tout habillés dans un tas de couvertures ramassées sur les autres lits, et c'était un peu effrayant de se retrouver là, dans la pénombre de la pièce à peine éclairée par le lampadaire de la rue, dans cette grande maison silencieuse pour la première fois. J'ai avoué à Arnaud que ça ne servait à rien de décrocher puisqu'on finit toujours par replonger. Il s'est tourné pour enfouir son visage dans mon cou et a murmuré qu'il avait compris. Qu'il avait enfin compris et qu'il ne me demanderait plus jamais ça. J'en ai été soulagée, et je souriais presque en songeant que j'avais de la chance d'être là alors que les autres devaient se peler en cellule.

Au réveil, Arnaud n'était plus dans le lit et j'ai tout de suite pensé qu'il était sorti me chercher de la poudre. J'ai vidé une bouteille de sirop d'une traite, puis je me suis traînée à la salle de bains pour y prendre une bassine au cas où il ne reviendrait pas assez vite. En regagnant la chambre, il m'a semblé entendre le bruit de la porte d'entrée. J'ai hésité à appeler, songeant que ça pouvait être les flics, j'ai attendu en retenant mon souffle, puis n'entendant rien de plus je me suis recouchée.

Le temps a passé et je commençais à vomir chaque gorgée de sirop que j'avalais. J'étais trempée de sueur, tous mes muscles étaient tendus à se rompre mais je me refusais encore d'en pleurer, persuadée qu'Arnaud allait bientôt soulager tout ça. En fin de journée, j'avais la bouche tellement sèche que je n'arrivais même plus à décoller ma langue de mon palais. J'ai fini par descendre à la cuisine pour y prendre un verre d'eau, et c'est là que je l'ai vu. Il pendait au-dessus de moi. Le bruit que j'avais pris pour celui de la porte était celui de la chaise renversée.

Paris, 2002

Une version différente de ce texte est parue sous un autre titre dans la revue *NRV* n° 2, Ed. Florent Massot, mars 1997.

## SPACE INVADER SPEED QUEEN

Je n'ai jamais su quels cachets elle avait pris, à cet âge-là ce n'est pas le genre de question qu'on pose aux parents. Pour être même tout à fait honnête : quand on a une copine de dix-sept ans qui se fout en l'air, ses parents, on ne s'en approche pas tant on sent qu'à leurs yeux on fait partie des potentiels responsables... Il me semble juste me souvenir qu'il était question d'un livre – une sorte de manuel dans lequel était indiqué le dosage exact pour ne pas se rater – et que par la suite les parents ont attaqué l'auteur, ou l'éditeur, enfin quelque chose comme ça.

J'ai été la deuxième personne à être prévenue. Elle avait d'abord appelé Luc, celui qui était fou d'elle et dont elle ne voulait pas, puis lui-même avait appelé les pompiers, puis moi, puis les parents. Je ne me souviens plus si elle a succombé avant d'arriver à l'hôpital ou après, mais c'est là-bas qu'on s'était retrouvés Luc et moi, quelques jours plus tard pour la relève du corps. On n'était que tous les deux en plus de la famille, comme si ni l'un ni l'autre n'avions été capables d'accepter de la partager avec le reste de la bande. De l'hôpital je ne garde aucun souvenir, aucune image de hall ou de couloirs, aucune idée duquel il avait pu s'agir, si ce n'est la petite cour par laquelle on y accédait. Une cour d'une désolation absolue, à la fois d'une blancheur virginale due aux murs des bâtiments fraîchement repeints à la chaux, et en même temps d'un délabrement sans nom à cause de restants d'échafaudages de réfection de façades abandonnés à moitié défaits dans la poussière. Comme quand des travaux se retrouvent sur pause et que les ouvriers disparaissent brusquement, sans se soucier de regrouper les choses dans un coin en attendant que ça reprenne. Dans une cour essentiellement réservée à des gens qui viennent chercher les corps d'autres gens qu'ils ont perdus...

Le cimetière non plus je ne m'en souviens pas, même si les premiers temps j'y allais sans arrêt avec du Pliz et un chiffon pour astiquer la pierre tombale. Je sais juste qu'il se trouve à Bagneux, le cimetière juif de Bagneux, et que l'emplacement est situé au bout d'une allée quelque part sur la droite. Et puis je me revois jetant le *pin's* à la place de la poignée de terre.

D'elle, je ne me souviens pas non plus de grand-chose après tout ce temps. Je sais que ses courts cheveux bouclés étaient très noirs et très épais, et que ses grands yeux bleu électrique avaient de très longs cils. Je sais que contrairement à moi elle préférait le Quick au McDo, si bien que place de la République où on se trouvait souvent, il fallait toujours qu'on entre dans les deux endroits à la suite quand on avait faim en même temps. Je sais qu'elle aimait jouer aux *Space Invaders* dans l'arcade de jeux vidéo entre le Quick et le McDo. Je sais qu'elle aimait le speed encore plus que moi, parce que le week-end venu elle arrivait au bout de sa première boîte de Dinintel bien avant moi. Et je sais qu'elle embrassait divinement bien, quand elle me laissait faire, c'est-à-dire une fois sur deux, parce qu'un coup elle trouvait ça trop agréable pour résister et la fois d'après ça la mettait trop mal à l'aise pour recommencer. Et puis bien sûr, je sais que si elle avait vraiment voulu mourir, elle n'avait pas dû y tenir longtemps puisque très vite elle avait appelé Luc.

Ses parents habitaient boulevard Magenta dans le dixième. Quand récemment j'ai emménagé dans ce coin-là pour un temps, il n'y a pas eu un seul jour où en me retrouvant sur ce boulevard, je ne me sois pas demandé de quel immeuble il avait bien pu s'agir. Je n'étais jamais montée mais je l'avais souvent raccompagnée en bas, pourtant j'ai eu beau pousser toutes les portes cochères possibles pour scruter les boîtes aux lettres ou jeter un œil aux cages d'escalier, jamais je n'ai retrouvé l'endroit. Rien non plus dans l'annuaire ni sur le Minitel. Ou plutôt si, une quarantaine de personnes différentes portent le même nom de famille, et j'avoue n'avoir pu me résoudre à rédiger quarante fois la même chose. Peut-être aussi me demandais-je trop l'effet que ça ferait aux parents d'ouvrir une lettre qui parlerait de leur fille morte dix-sept ans plus tôt.

Je n'ai jamais revu non plus Moustik, son autre meilleure amie de l'époque dont j'avais découvert l'existence ce jour-là, qui vivait en Allemagne et qui était revenue pour l'enterrement. D'elle je ne me souviens pas vraiment, si ce n'est que c'était moi, je ne sais plus par quel moyen, qui avais retrouvé sa trace, qui l'avais appelée pour la prévenir et qui l'avais hébergée le temps de son passage à Paris. Je ne me revois pas allant la chercher à l'aéroport ou l'accueillant sur le pas de ma porte, mais je crois me souvenir que si on n'a pas couché ensemble on s'était au moins embrassées. Probablement parce que ce qui venait d'arriver nous rapprochait, comme si c'était la seule façon de continuer à la faire vivre. Elle avait dû rester toute une semaine mais je n'ai le souvenir que d'une ou deux nuits. La première, juste avant ou juste après l'enterrement, elle avait vomi dans ma salle de bains, alors qu'on dormait à cinq ou six dans mon canapé-lit dont le matelas s'ouvrait à même le sol. Je ne sais plus qui étaient les autres, à part que c'étaient tous des garçons, et que chacune de nous deux en avait laissé un s'approcher un peu plus près au moment de s'endormir. Je n'ai aucun souvenir de celui qui était collé à moi mais je revois le sien, qui s'était alors levé, torse nu, pour aller voir si elle allait bien, et c'était ça qui m'avait réveillée pour l'entendre vomir. C'était Luc, lui aussi avait eu besoin de se rapprocher d'elle, et il était si jeune, si maladroit, que je me souviens avoir songé que ce qui nous arrivait se produisait bien trop tôt dans nos vies. Et puis il y a eu une autre nuit, avec encore Luc qui n'arrivait pas à s'éloigner d'elle, et un autre garçon que je ne connaissais pas et qui avait aussi vomi dans ma salle de bains, cette fois à cause d'un début de crise d'appendicite. Mais inutile de dire que celui-là, quand l'ambulance était venue le chercher, Luc et moi on l'avait laissé partir tout seul tellement on n'avait pas envie de retourner dans un hôpital une deuxième fois.

Sans se concerter, avec Luc on avait donc omis de prévenir tout le monde. À l'hôpital il n'y avait que nous deux, à l'église on n'avait embarqué que Moustik, puis pour l'enterrement on s'était quand même sentis obligés de laisser le cercle s'élargir. Mais quand tout le reste de la bande s'était pointé dans le cimetière, écrasant de silence et de reflets rougeoyants en ce milieu d'automne 82, bizarrement ils étaient tous restés à l'écart. Debout dans leurs parkas kaki de mods, avec leurs casques de scooter qu'ils tenaient de leurs mains jointes sur le devant. Peut-être se sentaient-ils trop intimidés pour approcher les parents. Nous aussi on l'était, notre proximité n'était due qu'à notre égoïsme. Notre rivalité. On était tous les deux amoureux d'elle et jaloux l'un de l'autre. Luc de moi, parce que j'avais la chance de pouvoir l'embrasser de temps à autre, et moi de lui, parce qu'elle m'avait confié qu'un jour elle finirait par le laisser devenir le père de ses enfants.

Certains des adultes présents jetaient de furtifs coups d'œil à mon crâne rasé. À l'époque il n'était peut-être pas encore question de skinheads aux infos, aussi est-il probable qu'ils n'y aient vu que le signe d'une sorte de maladie. Toujours est-il que c'est l'ensemble de ces paires d'yeux, là dans ce cimetière juif, qui m'avait fait plonger la main dans la poche de mon jean pour en sortir le *pin's* et le jeter à la place de la poignée de terre. À ce moment-là, Luc ne s'était pas gêné pour me signifier du regard que c'était trop tard. Pourtant, elle, elle ne m'en avait jamais voulu de porter ça. Elle savait bien que ce n'était pas par croyance que je trimbalais ce truc, mais simplement en signe d'appartenance à une nouvelle famille dont j'avais passagèrement besoin. C'était un tout petit rond de métal qui m'avait été donné par un de mes nouveaux copains skins, une petite croix celtique, le sigle du GUD, quoi. Je ne l'ai pas balancé parce que je me sentais brusquement coupable de l'avoir porté. Je l'ai balancé parce que la plaisanterie, quelle qu'elle ait pu être à l'époque, avait tout simplement assez duré.

Pendant longtemps j'ai gardé un petit bout de photo d'elle, sa silhouette détourée dont le verso était taché de colle pour avoir fait partie de collages successifs. La photo avait été prise lors d'un week-end à Londres, l'année d'avant en été. Malgré la chaleur, dessus on la voyait avec des boots qu'elle venait d'acheter à Carnaby Street – des boots en cuir avec un élastique, noires d'un côté et blanches de l'autre –, ainsi qu'une sorte de court imper blanc en plastique qu'elle portait par-dessus une minijupe noire et un petit pull noir. On était en 1981, en plein *revival* sixties, et je nous revois dans le train qui nous menait ensuite à Brighton pour voir de près un vrai rassemblement de mods anglais. On ne tenait pas en place tellement on avait gobé de *Purple Hearts* – les amphés anglaises qui portaient encore le même nom que dans les sixties –, et quand on a débarqué sur la jetée de Brighton, au pied du *Palace Pier* qui s'avance dans la mer, nos cœurs à toutes les deux avaient bien failli lâcher en découvrant le spectacle : un bon millier de Vespa et de Lambretta d'époque, de toutes les couleurs, de toutes les cylindrées, aux tabliers chargés de phares et de rétroviseurs, aux ailes rutilantes de chromes éclatants dans le soleil, et puis les selles recouvertes de peau de léopard ou de cuir customisé, et les porte-bagages arrière chargés de sacs de couchage roulés, et les appartenances aux divers Scooter Clubs sous forme de fanions au bout des longues antennes ou d'autocollants sur les petits pare-brise... et tous ces types et toutes ces filles, tellement mieux habillés qu'à Paris, tellement mieux coiffés – vraiment les sixties, quoi...

Mais ce que je revois le plus clairement reste la chose la plus terrifiante qui me soit arrivée jusqu'à maintenant. C'était le premier soir, il devait être minuit, ou du moins l'heure vers laquelle les programmes télé s'arrêtaient alors pour laisser place à de la neige sur l'écran. Ça faisait déjà plusieurs heures que je savais, aussi je n'arrivais plus à pleurer, vidée comme on peut l'être quand on vient de s'y abandonner longuement. Je me contentais donc de rester affalée sur le canapé-lit ouvert, à fixer d'un œil vide la neige sur l'écran, quand subitement je me suis mise à vouloir communiquer avec elle. J'ai commencé à lui parler à haute voix, à dire que si elle m'entendait, si elle me voyait, il fallait qu'elle se manifeste. Qu'elle fasse traverser la pièce à une chaise ou bouger la vaisselle – peu importe, mais qu'elle fasse quelque chose. J'avais recommencé à pleurer sans m'en rendre compte, je fixais cette saloperie d'écran, et tout d'un coup, les milliers de petits points de neige se sont mis à *bouger*... Ils ont commencé à former des courbes telles des étoiles filantes, traversant l'écran de part et d'autre comme les petits vaisseaux des *Space Invaders*. Ils bondissaient, se heurtant de toutes leurs forces dans les coins, retombant brusquement avant de mieux redécoller. Et plus je demandais si c'était elle, et plus ça tournoyait...

Je ne me souviens plus combien de temps ça a duré, ni comment ça s'est ensuite calmé, ni ce que j'en avais alors pensé. Je me souviens juste qu'à ce moment-là, j'ai eu la certitude qu'elle regrettait ce qui était arrivé. Que ces petits points de neige qui traçaient furieusement dans tous les coins, c'était elle. Elle qui se débattait dans un autre espace-temps où elle n'avait jamais voulu aller, et dont elle était désormais prisonnière...

Parfois, à cet âge-là, on a un cafard tel qu'on peut avoir envie d'en finir. Ou bien on se dit qu'on aimerait faire semblant juste pour voir qui viendrait à l'hôpital. On passe à l'acte, avec l'intention de se rater, et il arrive qu'on ne se rate pas... Durant les dix-sept années qui ont suivi, j'ai vu plusieurs autres personnes écourter leur vie, et d'une certaine manière, j'ai fini par accepter que c'était peut-être effectivement mieux pour eux de leur point de vue. Mais en ce qui concerne Marianne, je n'ai pas le moindre doute : ça n'aurait jamais dû arriver.

Paris X^e^, septembre 1999

## DIAMOND DOGS
## & AUTRES SPIDERS FROM MARS

C'était une « créature ». Ceux qui ont découvert Londres dans les années quatre-vingt savent de quoi il s'agit.

La première fois que je l'ai vu, c'était à la sortie de l'*Astral Flight*, au Mud Club derrière Carnaby. On était au mois de mars de l'année 84, j'étais venue spécialement de Paris pour cette nouvelle soirée, et après avoir fait la queue dans le froid pendant deux heures, il avait fallu ressortir au bout d'à peine une demi-heure. La fille qui m'hébergeait, que je connaissais peu et qui était franchement désagréable, avait un début de migraine et pas de double de clés. Dehors, la queue qui continuait de s'étendre regorgeait de gens aux dégaines incroyables et j'étais dégoûtée de rater ça. On traversait la rue pour regagner la voiture, quand je l'ai vu descendre d'un taxi. Il avait la même coupe de cheveux que sur la pochette d'*Aladdin Sane*, sorte de brosse rousse un peu longue sur le dessus et plus encore derrière. Tout comme sur la pochette il avait les sourcils entièrement épilés, mais sans l'éclair peint en orange et bleu qui traverse le visage de Bowie même période, et son mètre quatre-vingt-dix filiforme était moulé dans une combinaison argent aux épaulettes aérodynamiques. Il était accompagné d'un autre clone de Bowie même période, et tandis que ce dernier payait le chauffeur, lui se dandinait du haut de ses *plateforms* pour se réchauffer. Sa peau était très pâle, ses yeux paraissaient très clairs, et bien qu'il ne dût pas avoir plus de seize ans, il avait déjà compris comment se tenir pour donner envie qu'on l'attrape. Les insultes s'étaient mises à pleuvoir alors qu'ils remontaient la queue sans la faire, roulant allégrement du cul sur *That's the way (I like it)* de Dead or Alive qui s'échappait par la porte ouverte de la boîte. Si la fille qui m'attendait n'avait pas eu l'air si mal, j'aurais refait deux heures de queue pour le retrouver.

La deuxième fois c'était le surlendemain, le dimanche, dans les allées du Camden Lock, la partie couverte des Puces de Camden. Mon cœur avait littéralement bondi en les repérant. Il était de nouveau en compagnie du même garçon, et c'était à sa grande taille que je l'avais reconnu tant ils avaient déjà changé. Tous deux s'étaient décolorés les cheveux en jaune paille, ils les avaient coupés aussi et dressés – on aurait dit des bébés Billy Idol, ce qui faisait très bizarre sans leurs sourcils toujours absents –, et ils étaient cette fois entièrement vêtus de jean délavé. Leurs pantalons leur collaient aux cuisses, leurs vestes étaient courtes et étriquées, et dans leurs dos, des assemblages de petits clous étoilés formaient des inscriptions en arrondi : *Spiders From Mars* pour lui et *The Jean Genie* pour l'autre. La musique qui passait dans le stand où ils fouillaient était la reprise de *Sugar sugar* par Tasty Tim, jeune travesti vendeur chez Boy, et tous deux prenaient des poses de divas pour un couple de japonais. À ce moment-là, à Londres, tous les garçons faisaient semblant d'être des filles. Je les avais observés à distance, me sentant ridicule de ne pas trouver comment les aborder. L'espace d'un instant, il avait tourné la tête et ses yeux avaient paru se poser sur moi, mais en fait rien. Puis la fille qui m'hébergeait avait dit qu'il était temps de partir, et à ce stade je commençais clairement à la détester, mais n'ayant pas d'autre endroit où aller, je n'avais eu d'autre choix que de la suivre.

La troisième fois c'était le lendemain soir, cette fois à une soirée *Alice in Wonderland*, au Gossips dans Soho. Là encore je l'avais reconnu à sa grande taille, car là encore il était transformé. Ses cheveux étaient toujours jaunes mais il les avait coupés très court, comme Lou Reed sur la pochette de *Sally can't dance*, et il arborait d'ailleurs le même genre de grosses lunettes noires et le même col de Perfecto relevé. Il ondulait frénétiquement sur *Sex dwarf* de Soft Cell, et le garçon qui dansait en face de lui était toujours le même. Beaucoup de gens les regardaient, mais pas comme si tout le monde les connaissait, plutôt comme si on les trouvait inégalables et qu'on se demandait qui ils étaient. Moi-même je n'en revenais pas qu'il soit à chaque fois si parfait. En même temps, je ne pouvais m'empêcher de songer que copier ses idoles à ce point et en changeant d'avis un jour sur deux n'était tout de même pas très original. Je m'étais malgré tout résolue à m'approcher, me fâchant définitivement avec la fille qui m'accompagnait encore et qui avait en fait des vues sur moi, et ce morceau de Soft Cell, avec sa série de petites notes répétitives, allait longtemps rester associé à cette nuit-là dans ma tête. Jamais je n'avais encore vu quelqu'un avoir envie de lui-même, à sentir son corps se déhancher à la perfection... Alors qu'il effectuait une sorte de révérence à l'instant où la musique changeait, ses yeux avaient glissé sur mon tee-shirt et son pouce s'était imperceptiblement levé en signe de bon goût. Celui que je portais cette nuit-là montrait la pochette de *The Slider* avec le visage de Bolan coiffé de son haut-de-forme. J'avais eu envie de lui dire qu'en regardant un peu plus souvent autour de lui, il aurait remarqué que la veille, à Camden, j'avais celui d'*Electric Warrior*, et deux jours plus tôt, au Mud Club, celui de *Zip Gun*. J'allais ouvrir la bouche pour parler, et c'est le moment qu'avait choisi l'autre garçon pour l'attraper par la nuque et lui rouler une grosse pelle...

Au début du mois de juillet de cette même année, j'étais à des kilomètres de penser à lui quand il est apparu sur le pas de la porte de ma chambre de bonne parisienne. J'attendais Dawn, une Anglaise avec laquelle j'avais une sorte d'aventure, et c'est avec lui qu'elle a débarqué. La première chose qu'il a dite était qu'il n'avait pas fait le rapprochement mais qu'il avait adoré le film. Il m'a fallu un moment avant de comprendre : il me confondait avec l'actrice d'un film que je venais juste de voir, qui portait le même prénom que moi et dont j'avais copié la courte coupe platine. Il s'agissait de *Liquid Sky*, un petit film new-yorkais ahurissant que je pensais être la seule à avoir découvert, où une soucoupe volante héroïnomane se posait sur le toit de l'appart d'une dealeuse pour se nourrir des opiacés sécrétés par les cerveaux de ses clients ! Passé le choc de la rencontre, j'ai pu le détailler à loisir tandis qu'on se rendait tous les trois au supermarché pour acheter à boire. Il était décidément immense et pas épais, mais son jean foncé effrangé sur ses Doc Martens enveloppait à la perfection ses fesses, doublement mises en valeur par la ceinture cloutée qui tombait sur une de ses hanches. Son tee-shirt jaune sans manches, sur lequel on lisait *Suffragette City* en délicates lettres de velours rouge, était aussi le plus beau que j'aie jamais vu. Comme quoi, on en revient toujours à ses premières amours... Ses cheveux maintenant roses, coiffés en arrière en bordel avec plein de laque dedans, faisaient ressortir le bleu pâle de ses yeux, et son visage, que je voyais pour la première fois d'aussi près, n'avait rien de commun avec les autres Anglais que j'avais pu croiser jusque-là. En fait, il ressemblait comme deux gouttes d'eau au gamin de *Mort à Venise*. Le même visage d'ange, la même androgynie absolue dans la délicatesse des traits, mélange de moue boudeuse et de grande tranquillité intérieure.

Il s'appelait Ian, il avait alors dix-sept ans, je venais d'en avoir dix-huit, j'étais la première fille avec laquelle il allait coucher et lui le premier garçon dont j'allais tomber amoureuse. Au bout du deuxième jour, Dawn est allée se faire héberger ailleurs tant elle en a eu marre de nous voir tout le temps collés. Quand une semaine plus tard il a fallu se séparer, il a dit de venir le rejoindre dès que ce serait possible. C'est ce que j'ai fait le mois suivant, sans prévenir pour lui faire la surprise. Il était surexcité en me découvrant dans cette boîte où je savais qu'il se rendrait, il le fut beaucoup moins en comprenant que j'étais venue m'installer. Expliquant qu'il était très indépendant et satisfait de vivre encore chez ses parents, il n'emménagerait donc pas dans le squat que je venais de trouver à Brixton. Mais il viendrait m'y voir une fois par semaine, chaque fois pour trois ou quatre jours d'affilée, et l'histoire allait durer près d'un an.

Ce serait le temps de la queue bimensuelle au DHSS [1] et des allocations tombées du ciel. Le temps des chèques dépensés en un jour et du serrage de ceinture jusqu'au suivant. La quête effrénée aux collectors de Bowie, et ensuite les *baked beans* à trente *pence* la boîte et les packs de steaks surgelés vendus par vingt. Le temps des soirées différentes chaque soir de la semaine, des heures passées à se préparer et des bières avalées en route pour ne plus rien avoir à dépenser une fois à l'intérieur. Le temps des acids aux effigies de personnages de BD, et de leurs hallucinations sublimes, électrisées sous les reflets des boules à facettes renvoyées à l'infini dans les murs de miroirs. Le temps des talons qui cassent sur les chaussées glissantes, et des retours en bus de nuit sous les néons criards. Le temps des conversations jusqu'à pas d'heure, et du sexe toujours inspiré. Le temps de la vie au jour le jour... Jusqu'à ce qu'un matin, je doive rentrer à Paris pour enterrer ma grand-mère, et qu'au retour j'apprenne qu'il s'est tapé une autre fille du squat. Il expliquera alors que le corps a besoin de vivre sans

1. Departement of Health and Social Security, équivalent de l'ANPE.

pour autant que ça retire aux sentiments, mais n'ayant pas vraiment atteint son degré de sagesse, j'y ai vu là la trahison ultime et j'ai plié bagage.

Pendant les trois années qui suivirent, il écrivit alors régulièrement chez ma mère, comme si de rien n'était, racontant sa vie et demandant simplement quand je comptais repasser à Londres. Pas une fois pourtant je ne répondrais, pas plus que je ne composerais son numéro quand je serais de nouveau là-bas, d'abord avec Arnaud, puis ensuite Lindsay puis Louise. Ce ne serait qu'après la mort de celle-ci, alors de retour à Paris et installée dans un studio près de chez ma mère, que je le découvrirai un après-midi dans mon escalier. Ma mère qui aimait cette histoire lui avait donné mon adresse. Ma mère aimait dire qu'il avait l'air de venir d'ailleurs, et cet ailleurs lui semblait bien meilleur que tout ce que j'avais pu connaître jusque-là...

Ce jour-là on est retombés dans les bras et c'était comme si on s'était quittés la veille. Il est resté une nuit, refusant que je l'accompagne en Hollande où il se rendait, puis au retour la semaine d'après, il est revenu pour une autre nuit, refusant aussi que je reparte à Londres avec lui. Il disait que malgré le lien qui perdurait, il ne se sentait pas capable de vivre les choses au quotidien, il avait besoin de rester libre pour découvrir tout ce qui s'offrait à lui. Il avait l'intention de se mettre à voyager, aussi estimait-il que s'il pouvait chaque fois s'arrêter ici, l'histoire pourrait durer éternellement. Il raconta qu'il passait tout son temps avec un groupe qui s'appelait les Psychic TV, pour lesquels il faisait parfois le *roadie* et auxquels il devait les piercings qui ornaient maintenant son torse et son sexe. Il s'intéressait désormais aux expériences collectives, comme celles du Jim Rose Circus qui déclenchait des vomissements en chaîne dans son public, et il s'était mis à lire Alistair Crowley. Ces goûts-là m'échappaient trop pour que j'aie envie d'écouter réellement ce qu'il en disait, alors je me contentais de le couvrir des yeux. Son visage était devenu plus émacié, plus masculin avec sa barbe de quelques jours, même si ses cheveux naturellement blonds étaient si longs qu'il lui fallait les attacher. Son corps s'était épaissi aussi, des muscles délicats mais réels. Ce que j'aimais le plus était ses mains, ses longs doigts très blancs, je les imaginais bien réparer méthodiquement la moto qu'il venait d'acheter et dont il avait une photo dans son portefeuille, une Triumph Bonneville rouge et gris. J'aurais donné cher pour qu'il me laisse revenir dans sa vie, mais je comprenais bien que le laisser repartir était le seul moyen de le garder dans la mienne.

Il était doué pour un tas de choses, comme la guitare, le piano, l'écriture de poèmes, le dessin ou encore la fabrication de ceintures avec des canettes de bière. Mais il avouait ne pas avoir besoin d'exercer un métier créatif, il disait simplement ressentir l'envie de l'être dans sa façon de se mouvoir dans l'espace, dans sa façon d'appréhender ce qui l'entourait. Il voulait donc voyager et allait faire des petits boulots quelconques chaque fois qu'il aurait envie d'un billet d'avion.

Et durant les deux années qui suivirent, c'est exactement ce qu'il fit. C'était la première personne que je connaissais qui se donnait réellement les moyens d'accomplir ce qu'il voulait. Ma mère me répétait que cette histoire-là valait bien n'importe quelle autre, et plus encore parce qu'il venait d'ailleurs, etc. En plus de le voir débarquer tous les deux ou trois mois, je me mis donc à recevoir des cartes postales d'un tas de pays lointains, comme la Thaïlande, la Malaisie ou encore la Chine. Des cartes toujours magnifiquement écrites, toujours magnifiquement ressenties. De Londres aussi il envoyait des choses, des collages faits de photos et de mots, des dessins de Jayne Mansfield ou de Marilyn Monroe armées de tronçonneuses, et des Polaroid de lui.

Sur le dernier, on voyait le dos de son blouson de moto noir sur lequel était peint *Diamond Dogs* en lettres gothiques blanches. Le petit mot qui l'accompagnait expliquait que même si ce n'était pas son album préféré de Bowie, c'était celui sur lequel figure *Rebel rebel*, morceau qui semblait avoir été écrit pour nous quand on s'était rencontrés. Il disait aussi qu'il projetait de se rendre à Berlin dans quelque temps, et qu'une fois qu'il y serait, il ferait faire un autre blouson avec *Heroes*, en hommage à cette histoire qui ne se passait pas comme je l'aurais voulu. *Heroes* parlant de deux personnes qui s'aiment mais qui ne peuvent pas être ensemble, séparées par le Mur de Berlin. Des années plus tard, alors qu'avec Delfine on cherchera un mot à se tatouer en commun, en regardant ce Polaroid, on tombera d'accord de choisir un titre de Bowie, et on optera pour *Heroes*, parce que là encore, l'histoire ne ressemblera pas du tout à ce que j'aurais voulu. On ferait ça en lettres gothiques.

Mais avant cela, un matin de mai 91, quelques semaines seulement après avoir reçu ce Polaroid, je serai en train de remonter chez moi avec du pain, le téléphone sera en train de sonner et ce sera le père de Ian. On ne s'est jamais vus, mais il ne m'a pas oubliée pour m'avoir eue au téléphone un tas de fois. Il va tourner autour du pot quelques instants, puis annoncer que Ian est mort. Tombé par la fenêtre. Du dix-septième étage. Il dit *tombé* parce qu'il ne sait pas ce qui s'est passé, et jamais on ne saura. Ian n'avait visiblement pas de raisons de se suicider : il venait de décider de reprendre des études et d'être admis dans une fac de psycho, son meilleur ami était enfin devenu son colocataire, et le matin même, il avait reçu des pièces pour sa moto qu'il attendait depuis des mois.

Le meilleur ami, David, sera d'abord incapable d'en parler, puis à force d'insister, il finira par raconter. Ian est rentré surexcité d'une rencontre avec Iggy Pop, et pour fêter ça il a proposé de prendre un acid. Il avait une grande habitude des acids. Ils ont regardé *Qui veut la peau de Roger Rabbit* que Ian adorait, et tout se passait bien jusqu'à ce que Ian fasse pipi sous lui sur le canapé. Il est alors allé se réfugier dans sa chambre, et David a perçu un bruit de verre brisé. Il est allé frapper, est entré et a constaté que Ian avait retiré l'ampoule du plafonnier et l'avait jetée par terre. Inquiet d'être lui-même trop parti pour gérer un mauvais trip, David est retourné dans le salon pour appeler un ami qu'il voulait faire venir, et tandis qu'il laissait un message sur le répondeur, cette fois il a entendu un fracas de verre terrible. Il s'est aussitôt rué dans la chambre, et Ian *n'y était plus*. La baie vitrée avait entièrement disparu, et en se penchant pour regarder en bas, il a vu le corps de Ian dix-sept étages plus bas.

Il avait l'air de venir d'ailleurs, disait toujours ma mère. Pour une raison inexplicable, à vingt-quatre ans il y est retourné.

Paris, 2002

## JUNKY LADY

Elle n'a rien dit de ce qui se passait, de ce qui se préparait. Tout le monde a cru à un accident, y compris ses parents qui ne sauront jamais qu'ils ont échappé au pire, et ce uniquement parce qu'elle l'avait décidé.

Dans le milieu tout le monde savait qu'elle se défonçait, ils prenaient même tous un malin plaisir à la comparer à Gia[1]. À dire qu'elle finirait comme Gia. Mais surtout, à lui répéter que jamais elle ne *serait* Gia. Alors qu'en fait, elle la leur rappelait tellement qu'ils ne voulaient qu'elle. Peu importe qu'elle ne se montre qu'une fois sur deux ou que ça prenne des heures pour masquer les traces de piqûres sur ses bras – ils la voulaient elle, voilà tout. Chez quelqu'un d'autre, peut-être, cette certitude aurait réconforté, mais pas chez Louise. Hormis quelques naïfs pour trouver son état « dommage », la plupart s'en foutaient, et s'il y avait bien quelqu'un qui savait à quel point ça arrange les gens que les mannequins se défoncent, c'était bien Louise. De toute façon,

1. Gia Garangi, top model américain toxicomane du tout début des années quatre-vingt, est une des premières femmes à être décédée des suites du sida, en 1986, à l'âge de vingt-six ans. Elle était aussi homosexuelle et d'une rare beauté, sosie de Cindy Crawford ou plutôt l'inverse, à tel point qu'à ses débuts, deux ans après la mort de Gia, celle-là a longtemps été surnommée Baby Gia.

à quelle fille n'a-t-on jamais suggéré de toucher un peu à l'héro pour se détendre, ou plus simplement encore, pour perdre du poids ? C'était pour ça qu'elle avait commencé et ensuite elle y a juste pris goût, comme tout le monde.

Quand ils ont retrouvé son corps dans cet appartement d'Earl's Court, le feu avait tellement tout attaqué qu'ils ont dû avoir recours à ses empreintes de dents pour l'identifier. Son père est un banquier connu, c'est pour ça que c'était dans tous les journaux. Et c'est comme ça que j'ai appris.

J'étais de retour à Londres depuis six mois, un peu plus d'un an après la mort d'Arnaud, mais cette fois il n'était enfin plus question ni de squat ni de carte de chômage. Je vivais avec Lindsay [1], une Américaine de Philadelphie âgée de vingt-sept ans, qui était ma bookeuse dans l'agence de mannequins que je venais de rejoindre, et au début il n'était même pas question qu'il se passe quoi que ce soit entre Louise et moi. C'était juste la meilleure amie de Lindsay et c'était très bien comme ça. Louise était aussi bookeuse à l'agence, la même qui avait été la sienne avant qu'elle finisse par s'en faire virer à cause de la dope. Mais ce n'était pas une reconversion, juste quelque chose qui lui avait été proposé pour l'occuper par la patronne de l'agence dont elle était restée proche.

Elle était belle à cette période, avoir repris du poids lui allait beaucoup mieux. Non pas qu'elle ne l'ait pas été avant, quand elle faisait alors toutes les couvertures et que je ne la connaissais pas encore. Elle était même sublime avant... sauvage, comme Gia. Cette même nonchalance si sexy commune à tous les junkies, du moins quand ça va encore. Cette même allure féline, comme ralentie, cette même grâce dans la façon de se mouvoir, cette même délicatesse dans les gestes, et puis bien sûr

1. Pseudonyme.

ce même regard, à la fois absent et amusé, presque méprisant, qu'ont toujours les défoncés en voyant les autres se prendre la tête sur des choses qui eux ne les atteignent plus... Pour avoir aussi carburé à l'héro ces dernières années, je ne pouvais qu'être sensible à ce qu'elle dégageait sur les photos encore encadrées à l'agence. Mais pour avoir laissé tomber depuis six mois, grâce à l'aide de Lindsay et être censée m'en porter beaucoup mieux, je n'étais pas supposée le reconnaître. Alors quand j'y pensais, je m'efforçais simplement de me dire que ces kilos en trop lui allaient mieux, et quelque part c'était vrai. C'était comme si toute cette chair l'enveloppait désormais d'une toute nouvelle chaleur, d'une toute nouvelle tendresse, qui jusque-là avaient été absentes de ces photos où elle avait certes été terriblement envoûtante, mais en même temps si... venimeuse ?

En fait, les gens qui connaissaient vraiment Louise savaient que non seulement elle n'avait rien à voir avec Gia, mais qu'au fond d'elle-même elle n'avait jamais aspiré à cette ressemblance. Lindsay, dont la grande sœur Rachel[1] avait été avec Gia pendant des années, disait que même si elles avaient eu un parcours un peu identique – à faire des photos, tomber dans l'héro et préférer les filles –, le malaise était complètement différent. Là où Gia était fascinée par l'argent, la notoriété et en même temps la marge, Louise, dont les parents étaient multimillionnaires, n'aspirait qu'à être comme tout le monde. Là où Gia était un vrai garçon manqué qui aimait les rapports de force, les voitures de sport et les blondes, Louise était juste comme un gros chat en attente d'une caresse. Et là où Gia avait toutes les peines du monde à communiquer avec sa mère qui la rejetait, Louise se noyait dans l'indulgence de la sienne.

1. Pseudonyme.

Louise travaillait donc à l'agence où je passais plusieurs fois par semaine, et elle était devenue une sorte de grande sœur pour moi, à toujours me hisser sur ses genoux pour me murmurer des conseils à l'oreille. Bien que son mètre quatre-vingts ne lui donnât que quelques centimètres de plus que moi, sa corpulence me faisait me sentir comme une toute petite chose, et n'ayant moi-même que vingt-deux ans, son âge, que je ne connaissais pas précisément mais que je supposais de beaucoup supérieur au mien, achevait de me la rendre maternelle.

Les choses suivaient donc tranquillement leur cours, jusqu'à ce qu'un lundi, en arrivant à l'agence en fin d'après-midi, je voie le siège de Louise vide. Personne ne semblait se formaliser qu'elle n'ait pas téléphoné pour expliquer son absence. Lindsay disait qu'elle devait avoir eu un imprévu et ensuite décidé de prendre sa journée plutôt que de venir pour quelques heures. Le soir, elle n'appela pas non plus à la maison alors qu'elle et Lindsay avaient l'habitude de passer leur temps au téléphone même après avoir travaillé côte à côte. Le lendemain matin, à l'ouverture de l'agence, sur leur répondeur un message de Louise disait qu'elle avait pris froid et qu'elle ne viendrait pas de la semaine. Il leur a fallu laisser passer encore une autre semaine avant de commencer à se poser des questions. Tandis que moi, j'avais su à la seconde où mes yeux s'étaient posés sur le siège vide.

Ce qui est arrivé ensuite a été si logique, si implacable que ça m'a vraiment surprise de ne pas l'avoir vu venir. Un après-midi, alors que j'étais chez Lindsay, en train de lire dans le canapé du salon, j'ai vu son visage s'encadrer dans une des fenêtres qui donnaient sur la rue. Pendant quelques secondes, ma main est restée immobile sur la poignée de la porte d'entrée, non pas parce que j'hésitais à ouvrir, mais plutôt comme si j'avais eu besoin de prendre un moment avant de laisser les choses basculer, même si à cet instant précis je ne pensais à rien en particulier, à part le fait qu'elle se trouvait enfin *là*. Elle ne m'a pas influencée contrairement à ce que Lindsay a dû penser par la suite. Elle est allée faire ça dans la salle de bains, en fermant la porte derrière elle, et ce n'est que parce que j'y suis entrée à mon tour qu'elle s'est retrouvée à faire chauffer la cuiller une seconde fois. Puis, de retour dans le canapé du salon, ce n'est que parce que je suis venue me blottir contre elle que ses bras se sont refermés autour de moi. On ne s'est pas levées pour aller dans la chambre, on ne s'est pas touchées, même pas embrassées. Mais quand Lindsay a introduit sa clé dans la serrure une heure plus tôt que d'habitude, elle n'a pas voulu croire que le bordel des draps de la chambre datait de mon réveil du matin. Il n'y a eu aucune violence dans ses mains qui ont saisi le col du pull de Louise d'un côté, et le mien de l'autre. Aucune précipitation pour nous guider vers la porte du salon, puis dans le couloir, puis vers la porte d'entrée. Aucune brusquerie non plus dans la façon de refermer cette porte sur nous. Ce n'était même pas de la détermination, c'était juste comme si pendant quelques secondes, on s'était toutes les trois retrouvées dans un autre espace-temps, une sorte de somnambulisme où l'action, avec son début, son milieu et sa fin, s'était enchaînée aussi simplement que dans un rêve où on a la sensation de flotter. Et c'était logique que Lindsay ne prenne le temps de rien : un seul coup d'œil avait dû lui suffire pour présager de la suite, et c'était déjà bien assez de sa part d'avoir eu envie de m'aider six mois plus tôt, alors qu'elle avait fui les États-Unis pour laisser derrière elle la dépendance de sa sœur et d'autres encore.

Et c'est comme ça qu'on s'est retrouvées dans ce petit deux-pièces d'Earl's Court Road. Chez ce gamin, Alan, qui avait dix-huit ans, qui était vendeur dans une librairie où Louise allait parfois et qui ne pouvait rien lui refuser. On est restées là-bas deux mois, dans sa chambre qu'il avait fini par nous céder pour émigrer sur son canapé. Pendant ces deux mois, on est à peine sorties de cet appart hormis pour aller s'acheter à manger ou se rendre chez le dealer. On ne faisait strictement rien, à part s'envoyer en l'air. Qu'on soit super raides ou qu'on commence à être mal en attendant le plan du soir, jamais l'envie ne nous quittait. On restait là sous la couverture en se répétant qu'on n'en revenait pas de s'être trouvées. Que personne, jusque-là, n'était parvenu à atteindre l'autre à ce point. Non pas que je n'aie pas aimé coucher avec Lindsay avant, mais Louise avait un truc... *sexuel.* On faisait des tonnes de projets aussi, on se décrivait tous les voyages qu'on aimerait faire. Louise appelait régulièrement sa mère, celle-ci finissait toujours par faire un chèque et la somme était alors chaque fois assez conséquente pour qu'on puisse se détendre pendant un temps. Sa mère la voyait en cachette de son père qui refusait l'idée d'une donation de leur vivant, et Louise était dégoûtée, estimant que parfois il faut simplement accepter que certaines personnes ne puissent pas vivre sans la dope. Louise était comme ça, il n'y avait que dans l'ailleurs qu'elle trouvait un semblant d'apaisement.

Un matin tout de même, on est tombées d'accord que si on voulait avoir ne serait-ce que l'énergie physique d'entreprendre ces voyages, on ferait quand même mieux de décrocher. Juste pour un temps. En fait, pour y parvenir, l'idée c'est de se dire que c'est provisoire, sinon la perspective est trop écrasante. On est donc convenues que moi j'irais dans une clinique hors de la ville, payée par la mère de Louise à laquelle elle ferait croire que ce serait pour elle, tandis que Louise décrocherait tranquillement dans l'appart en l'absence d'Alan qui devait partir en vacances. Pour avoir essayé plusieurs fois, Louise savait que les désintox en clinique ne marchaient pas sur elle, alors que moi ce serait ma première.

C'est là-bas que je me trouvais quand j'ai appris. J'y étais depuis huit jours, sans nouvelle de Louise qui disait qu'il fallait une vraie coupure, quand je suis tombée sur un exemplaire du *Sun* dans la salle de télé. C'était en première page. L'article disait qu'une enquête allait être ouverte mais que le feu paraissait d'origine accidentelle. Je lui donnais trente ans, elle allait en avoir vingt-quatre... J'ai aussitôt appelé Lindsay qui a dit qu'elle savait, avant de me raccrocher au nez. Dans le train qui me ramenait vers Londres, je gardais les yeux rivés sur mes chaussures, essayant de ne pas imaginer le corps de Louise en train de brûler vif après qu'elle se soit endormie avec sa cigarette... J'évitais aussi de me demander ce que j'allais devenir maintenant. Une fois à Londres je ne suis pas allée voir l'appartement, je n'ai pas cherché à savoir si Alan était revenu de ses vacances, je me suis rendue directement à l'agence où j'ai rappelé Lindsay depuis la cabine d'en bas, qui m'a de nouveau raccroché au nez. Je commençais à m'éloigner quand une des autres bookeuses m'a rattrapée. Dans l'enveloppe qu'elle m'a tendue, il y avait la clé de la maison de Lindsay avec un bref mot : si je voulais décrocher une fois pour toutes, je pouvais m'installer dans sa chambre d'amis, à condition de ne pas chercher à lui parler et d'avoir dégagé le dimanche suivant. On était un mardi. J'ai eu envie de monter à l'agence pour lui dire d'aller se faire foutre avec ses quatre jours et demi de charité, que j'avais pas besoin de décrocher parce que c'était déjà fait. Mais tout comme elle devait le supposer, je savais bien que là tout de suite j'irais faire un plan, et qu'ensuite tout serait à recommencer.

Et c'est évidemment ce que j'ai fait. Deux grammes à crédit qui m'ont duré jusqu'au lendemain soir, après quoi j'ai fait comme Lindsay a dit, je n'ai jamais quitté la chambre tant qu'elle se trouvait dans la maison, excepté pour me rendre aux toilettes, et encore, en prenant chaque fois soin de ne pas la croiser dans le couloir. Les jours suivants, j'aurais pu sans peine profiter des moments où elle était à l'agence pour ramasser des choses à vendre et aller chercher de la dope, ou ne serait-ce que de la codéine en sirop, mais je n'ai même pas essayé. Je n'avais pas particulièrement envie de redevenir clean, je sentais juste que j'allais entrer dans une phase où ce serait plus compliqué encore de ne pas l'être. Pour un temps. Alors je suis restée sagement étendue comme plein d'autres fois auparavant, à me tordre sous les crampes et à me gratter jusqu'au sang, empestant l'air tout autour de moi si fort que par moments il suffisait que je le respire pour gerber de plus belle. Chaque fois que j'allumais une cigarette, je paniquais quand ensuite je me rendais compte que je venais de sombrer quelques secondes. De brefs cauchemars montraient Louise qui brûlait debout avec les yeux fermés et un air soulagé, ou elle brûlait allongée avec les mains jointes sur sa poitrine, ou elle brûlait assise en riant dans les flammes... Quand le dimanche est arrivé, je ne l'ai su que parce que j'ai vu l'enveloppe apparaître sous la porte de la chambre, avant d'entendre celle de l'entrée claquer. Il y avait une chance sur deux que ce soit une lettre dans laquelle Lindsay disait tout ce qu'elle pensait de tout ça, ou pire encore, que cette enveloppe ne contienne pas l'argent que j'espérais qu'elle me prête pour le train et le bateau. Alors je suis restée allongée jusqu'au dernier moment, m'efforçant de penser à autre chose, me demandant ce que Lindsay avait fait de mes affaires, si elles se trouvaient dans un placard ou si elle les avait balancées, tout en sentant monter une sorte de fierté à l'idée de ne pas chercher à savoir. Je sentais aussi grandir une excitation certaine à la perspective d'être sur le point de partir sans essayer de grappiller un jour de plus, ou même une deuxième chance... Puis quand je me suis enfin décidée à me lever pour aller ramasser l'enveloppe, il y avait trois billets de dix livres dedans.

Ce n'est qu'en payant au guichet de la gare que j'ai remarqué un bout de papier dans l'enveloppe. Ça disait juste : « Pour rentrer chez toi. » Et là je me suis rendu compte que ces mots n'avaient aucun sens.

Pendant la traversée de la Manche, juste avant que le jour ne tombe, le ciel s'est dégagé jusqu'à devenir très pâle. Aussi pâle que le bleu des yeux de Louise. Il faisait l'habituel froid de février, mais la mer était plate et les coursives calmes, comme après le passage d'une lourde pluie. Louise était ce calme, et partout en moi ça hurlait.

Au matin du lendemain, dans le vaste hall de la gare Saint-Lazare, je savais que personne n'était venu m'attendre, personne n'était au courant que je rentrais ni ne s'en souciait. J'ai décidé d'aller à pied pour ne pas être tout de suite confrontée aux gens. Tout en marchant, je n'osais pas lever les yeux sur les plaques des rues, les enseignes des cafés, les magasins. Pas besoin de le faire pour reconnaître tout ça, et mon Dieu, tout ce que je voulais c'était oublier, me retrouver dans un paysage tout nouveau, mais ça, c'était pas possible. Alors je marchais, et je me demandais pourquoi tous les gens ou presque que je me mettais à aimer finissaient toujours par mourir. Et toujours à Londres.

Devant la porte de l'immeuble j'ai hésité. Parce que parfois, quand on a fait mal aux gens en partant, on risque de leur faire encore plus mal en revenant. Elle a ouvert et c'était bien elle, un peu fatiguée, les yeux brouillés de sommeil. Moi j'avais eu le temps de me préparer, mais elle, ça l'a frappée en pleine gueule. Elle s'est effacée pour me laisser entrer. En refermant derrière moi, j'ai remarqué pour la première fois un extincteur accroché au mur du palier, et aussitôt le visage de Louise m'est apparu. J'ai voulu dire quelque chose mais l'image s'est évanouie. Je me suis alors retournée vers ma mère qui n'était plus là non plus.

L'appartement était semblable à quand je l'avais quitté, pourtant il manquait quelque chose. Les objets de mon beau-père. Et là j'ai compris qu'ici aussi il y avait eu du changement. Ma mère a réapparu habillée. Elle allait et venait en silence, accrochant son bracelet, rassemblant ses affaires. Je l'ai dit vite, très vite, comme si j'espérais qu'elle ne relèverait pas. J'ai dit « Les filles aussi meurent ». Et ma mère s'est forcée à garder le visage fermé. Ne pas pardonner si rapidement. J'ai préparé du café et je me suis fait couler un bain. Je n'aimais pas le café, les bains non plus, mais il fallait bien commencer quelque part.

Hier – quatre mois plus tard – j'ai revu Louise chez le dentiste. Je feuilletais un *Elle* quand je suis tombée sur une vieille pub pour Dior. Je n'avais jamais vraiment oublié les traits de son visage, mais les voir réapparaître intacts m'a causé un choc parce que c'étaient ceux d'avant moi, quand elle était belle mais froide. Les larmes sont évidemment venues tout de suite et je suis partie en embarquant le magazine. De retour à la maison, j'ai arraché la page pour l'accrocher au mur de ma chambre avec un bout de scotch et je suis restée tout le reste de la journée assise sur mon lit à la regarder. À me poser dix mille questions, à me demander comment elle serait, aujourd'hui, si elle avait continué à vivre, et si on se verrait toujours... Une partie de moi savait qu'elle était vouée à terminer comme ça, mais l'autre partie ne pouvait s'empêcher de regretter de ne pas avoir tout fait pour la sortir de là, plutôt que d'y plonger avec elle. Puis ce matin, au réveil, j'ai décroché la photo parce que je sentais bien que je ne pouvais pas vivre avec. Avant de la déposer dans la poubelle de la cuisine sans la froisser, je l'ai retournée, par réflexe sans doute, pour voir ce qu'il y avait derrière. Un article sur le sida mettait l'accent sur un ado du Var qui s'était suicidé. Venant d'apprendre qu'il était séropositif, il avait avalé un grand nombre de médicaments avant de mettre le feu à son studio. Il laissait une lettre à ses parents expliquant qu'il voulait « épargner le spectacle de la maladie à son entourage ». Et c'est là que j'ai compris.

Paris XIVe, juin 1988

## UN PETIT MOINEAU

Une fille qui m'intriguait vers l'âge de quinze ans – c'est-à-dire au point de chercher à la rencontrer quelques années durant – vouait très certainement un culte à Edie Sedgwick. Du moins s'en était-elle inspirée pour son apparence, voire son attitude.

Originaire du Massachusetts tout comme Edie, cette fille – appelons-la C. pour « cygne » – avait elle aussi débarqué à New York à l'âge de vingt et un ans, où elle était elle aussi rapidement devenue une égéric underground, avant d'elle aussi entamer une carrière de mannequin en tombant elle aussi dépendante de diverses drogues. Et tout comme Edie, C. arborait de courts cheveux blonds décolorés et un air androgyne. À la différence près que son visage anguleux, au regard enfoncé et acéré, rappelait exagérément celui de Beckett, tandis qu'Edie avait encore de bonnes joues de bébé et de grands yeux incrédules. Un peu à la manière de James Dean ou de Brando à ses débuts, C. faisait également plus l'effet d'un magnifique voyou urbain, de par sa carrure plus imposante, ses invariables jeans-tee-shirts et la simple brutalité de la pureté de ses traits, alors qu'Edie, menue comme une crevette, ne sortait jamais sans se maquiller et se parer de toutes sortes de chapeaux, de sacs et d'accessoires venus compléter ses petites robes de femme-enfant sophistiquée. La ressemblance physique ne résidait donc peut-être que dans les cheveux, cette courte coupe savamment bordélique et d'un blond platine aux racines plus foncées laissées volontairement apparentes. Ce qui est peu et à la fois *tout*, quand on sait qu'Edie fut la première à la porter dans les années soixante, et que C. fut la première à la réhabiliter dans les années quatre-vingt.

C. s'est par la suite tournée vers l'écriture, ce qui pourrait éventuellement expliquer que plus tard je sois à mon tour devenue mannequin puis écrivain, pour lui plaire ou lui ressembler – peu importe, la rencontre qui finit par avoir lieu n'ayant finalement rien apporté, strictement rien d'autre que la découverte de l'existence d'Edie Sedgwick.

Tout a déjà été dit sur la courte vie d'Edie. Son enfance avec ses sept frères et sœurs dans le ranch californien familial qui possédait sa propre école. Sa santé fragile dès l'adolescence, entre une anorexie précoce qui lui valait déjà quelques séjours en psychiatrie, et une initiation prématurée aux seringues par le biais d'injections quotidiennes de vitamine B. Son passage à l'université avorté pour gagner New York où elle intégra aussitôt la Factory de Warhol, devenant du jour au lendemain une des figures les plus marquantes de la seconde moitié des sixties. Ses débuts de mannequin prometteurs, mais sabotés par la rédaction de *Vogue* qui jugeait ses fréquentations warholiennes trop mauvais genre. Ses dons d'actrice, qui auraient pu s'étendre bien au-delà des apparitions scéniques du Velvet et de la filmographie de Warhol, mais sans que jamais on ne lui en donne l'opportunité. Son apport incontestable à la notoriété de ce dernier, qui pourtant la renia sans appel quand elle partit suivre Dylan qui promettait de faire d'elle une *vraie* star. Sa consommation gargantuesque d'amphétamines, et son nombre tout aussi impressionnant d'amants jamais parvenus à calmer son insécurité affective. La perte de deux de ses frères, seuls membres de sa famille dont elle se sentait proche, l'un pendu à vingt-cinq ans et l'autre tué en moto à trente-deux, tous deux également habitués des allers-retours en psychiatrie. Son passage à l'héroïne qui occasionna diverses overdoses, et son anorexie inguérissable qui nécessitait des internements de plus en plus fréquents, jusqu'aux électrochocs. Le peu d'énergie et de lucidité retrouvées çà et là pour des projets artistiques qui n'intéressaient guère que ses admirateurs de la première heure. Et pour finir, quelques mois de paix après s'être enfin mariée, avant de mourir bêtement, à l'âge de vingt-huit ans, étouffée sous son oreiller à la suite d'une surdose accidentelle de barbituriques.

Pas de quoi être envieux... n'est-ce pas ?

Et pourtant, depuis, un tas de filles rêvent de lui ressembler et un tas d'hommes regrettent de ne pas l'avoir connue. Dans tous les hommages qui continuent de lui être rendus, tout le monde s'accorde à se souvenir de cette empreinte magnifiquement racée et décadente qu'elle a laissée sur ces sixties si intenses. Mais qu'en est-il de ce qu'elle était avant tout ?

Une jeune femme en souffrance permanente. Non pas un cygne, créature divine, satisfaite d'elle-même, qui glisse sans bruit et dont la perfection naturelle fascine tout en mettant mal à l'aise – comme chez C. pourtant beaucoup moins bien née –, mais un simple moineau. Un petit moineau qu'à l'inverse les imperfections rendaient formidablement attachant. Un petit moineau tombé du nid et qui resta ensuite tout simplement dans l'impossibilité de prendre son envol.

Aussi a-t-on tort de regretter qu'elle ne soit plus là pour avoir aujourd'hui cinquante-neuf ans. Tout laisse penser qu'à vingt-huit, elle avait déjà donné tout ce qu'elle pouvait. Car il ne faudrait tout de même pas oublier qui elle était, encore une fois, *avant tout* : la fille d'un grand maniaco-dépressif auquel les médecins avaient formellement interdit d'avoir des enfants, et qui en a fait huit...

Paris, 2002

## RETOUR À PIGALLE

Bizarre ce soir de fin mars, seule, de retour à Paris une fois de plus. Les rues de Pigalle sous la pluie, inchangées. Mais plus de lumière depuis longtemps à la fenêtre du petit studio de la rue Véron. Plus de Sofi, maintenant introuvable depuis plusieurs années. Sofi rencontrée avec Marianne et ensuite devenue ma meilleure amie à la mort de celle-ci... Sofi et ses cheveux noirs hauts de trente centimètres qui empestaient la laque. Sofi et ses quatre-vingts kilos tout boudinés dans ses chemises de nylon qu'elle fabriquait elle-même. Sofi, ses soupes chinoises, sa collection d'araignées en plastique et ses pochettes de disques aux murs, Electric Chairs, Ramones, Revillos ou Asphalt...

Rue des Abbesses, la silhouette voûtée derrière la vitre embuée du café était si familière que j'ai failli trébucher en la remarquant. Pourtant tout était si mort, que lui devait l'être aussi... Je me suis quand même approchée pour mieux voir, et c'était pas lui. C'était l'autre. Celui auquel il avait toujours tant ressemblé. Celui dont tout était parti, finalement. J'aurais pu entrer pour lui demander s'il savait ce qu'il était devenu, il le connaissait forcément, ils se connaissaient tous entre eux. J'aurais pu entrer pour le regarder tout court, le voir de très près pour la première fois après l'avoir vu si souvent de loin par le passé. Mais même si celui-ci était bien plus dangereux que l'autre, parfois ce n'est même pas pour éviter de réveiller les vieux démons qu'on passe son chemin, parfois c'est juste que les démons dorment trop profondément. Alors j'ai continué mon chemin.

La pluie m'a fait descendre jusqu'aux Halles, du moins ce n'est qu'en y parvenant que je m'en suis rendu compte. Ça faisait longtemps que je prenais désormais grand soin d'éviter ce quartier quand j'étais à Paris, mais cette fois je me suis forcée à *regarder*. Je n'ai pas poussé jusqu'à entrer dans les cafés pour descendre voir si nos graffitis divers salopaient toujours les murs des toilettes, mais j'ai laissé les images remonter... L'année 82, quelques mois avant la mort de Marianne, tiraillée entre sa bande de mods et mes nouveaux « copains » skins. L'As-Eco, ce supermarché ouvert toute la nuit où les caissières nous laissaient voler et boire à l'intérieur tellement on leur foutait la trouille. L'une d'entre elles s'était fait violer par Untel et Untel, deux malades que tout le monde laissait faire tellement ils nous foutaient la trouille à nous aussi. Et l'appart du Vieux Manu au-dessus de tel restaurant, ce vieux souffreteux chez lequel on montait faire chauffer nos cuillers, dans son deux-pièces qui sentait le moisi avec sa nappe en toile cirée jaune tout huileuse. Toujours en pantoufles, pyjama bleu ciel informe et robe de chambre bordeaux lustrée aux fesses. Les autres disaient qu'il vendait des armes, moi il me faisait juste penser au vieux dégueulasse qui se prosterne devant sa Sainte Vierge clignotante dans *Macadam Cowboy*. C'est là-haut que Guillaume a fait son O.D... Guillaume avec sa grosse face de bébé et sa souris, Poly (comme Polystyrene, la chanteuse d'X Ray Spex), qu'il gardait toujours dans la poche poitrine de sa chemise Ben Sherman et qu'il avait écrasée une nuit en se retournant dans son sommeil. Il en pleurait, de ses doux yeux trop verts assortis à son costume *two tone*. Il a été enterré dedans et Faon avait les boules, il l'aurait bien récupéré ce costume. Faon, mort aussi. Albert aussi. Ça m'a fait me demander ce qu'étaient devenus les autres... mais qu'est-ce qu'un skin peut bien devenir en vieillissant ? Et tous ceux qui traînaient au Rose Bonbon ou devant New Rose ? Mais j'en avais rien à foutre, en fait, de tous ces gens. Ni d'eux, ni des groupes de l'époque comme Lucrate Milk ou Oberkampf ou Wunderbach, qu'on allait voir dans des MJC de banlieues en puant la colle à rustines à dix mètres à la ronde. Rien à foutre non plus de ces quais de métro où on attendait la première rame du matin et qui portaient les noms des morceaux de La Souris, enfin l'inverse. Non, ce qui a fait jaillir des larmes, c'était le souvenir de la petite cour de la rue du Faubourg-du-Temple, cet endroit découvert avec Marianne et ensuite fréquenté assidûment avec Sofi... Et c'est vers là que je suis repartie.

L'imposante grille devant la cour, l'étroit escalier dans lequel on s'était tous vautrés des dizaines de fois, le vestiaire à droite, le long bar à gauche, et dans le fond, la petite salle humide, basse de plafond et taillée dans la pierre. Des poignées de Dinintel avalées aux toilettes, puis se faufiler dans la foule pour gagner les abords de la petite scène à peine surélevée, et c'était parti pour toute la nuit. Des putains de groupes qui avaient la classe, qui ne perceraient pas plus que ça et qui pourtant étaient alors *tout*... Et Sofi, déjà là depuis les premiers jours du Gibus. Sofi qui détestait les Anglais et qui un soir, devant l'arrogance exaspérante du chanteur des Meteors, lui avait collé son poing dans la gueule en lui vociférant les paroles de *Psycho* des Sonics, autre chose que la soupe informe que balançaient ces pauvres cons de Meteors. Sofi là toutes les nuits. Dans cette cour, dans cette rue, sous cette pluie...

Repenser à tout ça ne pouvait que me faire remonter de nouveau vers le triangle. J'ai longuement tourné sous la pluie, Abbesses, Blanche, Pigalle, passant et repassant, encore et encore, sous la fenêtre du petit studio de la rue Véron. Sofi et ses satanées chemises qu'elle lavait à la main au Saint-Marc, avant de les étendre sur la rambarde au-dessus de la bande de travelos brésiliens qui gueulaient que ça leur coulait dessus. Sofi chez laquelle un après-midi les toilettes s'étaient bouchées. Le sac en plastique dans lequel j'avais dû finir par faire ce que j'avais à faire, ensuite déposé sur le balcon faute de pouvoir accéder au local à poubelles fermé la journée, et ce sac qui avait glissé... Sofi et moi alors planquées derrière le volet, horrifiées de la tête que les travelos allaient faire en découvrant son contenu, et ça n'avait pas raté, aussitôt la chose tombée à leurs pieds, ils s'étaient tous approchés pour se pencher dessus. Sauf qu'au lieu de se mettre à nous pourrir d'insultes, l'un d'eux s'était contenté de ramasser le sac et de s'éloigner avec vers l'hôtel un peu plus haut où ils vivaient tous. Je n'avais pas voulu croire Sofi qui disait que c'était en prévision d'un client scato !

Sofi et ses murs recouverts de pochettes de vinyles... Je revoyais parfaitement ce 45 tours avec ces quatre types adossés à une rampe d'escalier. Je pouvais de nouveau entendre la voix, cette voix de gorge, cassée, éraillée, qui déjà à l'époque parlait de la pluie sur la ville. La voix d'Eudeline. J'avais voulu y aller tout de suite, trouver le mec pour voir les yeux qui allaient avec cette voix, et Sofi avait presque pris du plaisir à balancer que c'était trop tard, que le groupe était dissous et que de toute façon je n'aurais pas du tout été son genre. Ce jour-là, à seize ans et quelques, j'avais vidé une bouteille de Jack Daniel's pour la première fois et j'avais même pas vomi. J'étais restée affalée sur le canapé-lit de Sofi, à fixer sa collection d'araignées en plastique qui pendaient de partout et je pleurais. Dégoûtée de toujours arriver trop tard. Après je suis partie à Londres, pour retrouver Ian et enfin être au bon endroit au bon moment, mais là-bas aussi tous les bons groupes s'étaient déjà séparés, il ne restait plus que les disques... Et quand je suis revenue, Sofi n'habitait plus là. Et maintenant encore moins – de la dentelle à la fenêtre du petit studio.

Rue des Abbesses, l'autre aperçu plus tôt n'était plus dans le café. À la place j'en ai vu sortir Mike M. et ça m'a causé un sacré choc, parce que lui, pour le coup, j'avais vraiment entendu dire qu'il y était resté. Sa dégaine aussi était un choc dans ce décor désolé : ses cheveux blonds crêpés étaient plus longs et plus hirsutes que jamais, son moule-couilles de satin mauve faisait exploser le jaune de sa chemise à jabots sous sa redingote de velours pourpre, et les talons trop hauts de ses boots le faisaient pencher comme un T. Rex blessé près de s'effondrer. La seule chose qui manquait était les foulards qui pendaient habituellement de ses manches. Déroutant de retrouver à Paris un ancien mec qu'on croyait mort à Londres, déroutant aussi de retrouver un chanteur tout d'un coup tout seul, sans groupies ni groupe ni rien. Il a dit qu'il venait de se faire un peu de fric en revendant ses propres disques dans une boutique de collectors. J'ai pas su si je trouvais ça bien vu ou complètement pathétique. J'ai fait le guet sur un trottoir pendant qu'il faisait chauffer dans une arrière-cour. Il était tellement content de me voir qu'il voulait à tout prix me faire tourner. Mais ça faisait déjà quelque temps que je ne touchais plus à ça et les circonstances ne me disaient rien du tout. Il a dit qu'il avait une chambre dans un hôtel pas loin. J'ai prétexté qu'on m'attendait ailleurs mais il a insisté. Je me doutais bien que c'était pas pour baiser, qu'il devait juste avoir envie de s'endormir près d'un autre corps. Et de toute évidence, je n'avais rien de mieux à faire de ma nuit.

Le type qui nous a ouvert la porte, il m'a tout de suite dit quelque chose mais je ne savais plus quoi, si ce n'est que c'était un autre de ces rescapés de cette époque-là. En entrant j'ai découvert une deuxième personne allongée sur le lit, et c'était l'autre, celui du café. Là je n'ai pu que songer que le sort avait envie de s'amuser avec les vieux démons. Ça m'a frappée de constater à quel point il était petit, et chétif surtout, étriqué dans sa chemise de satin noire boutonnée jusqu'en haut sous sa veste de costume gris. Sa longue tignasse noire était dramatiquement emmêlée et sa peau salement amochée, limite à partir en lambeaux. Quelque chose entre le zombie et la vieille femme édentée. Et en même temps, c'était comme s'il était figé et que ça ne pouvait que demeurer éternellement. À la fois tout près de crever et increvable. Johnny Thunders, quoi.

Personne ne disait rien ni ne bougeait, à part Mike qui s'était assis au bord du lit près de Thunders et qui lui parlait à voix basse en anglais. Il lui expliquait qu'ils devraient faire un groupe ensemble, qu'ils devraient s'y mettre à son retour d'Irlande ou quelque chose comme ça. L'autre se contentait de hocher vaguement la tête, quant au troisième dont je continuais d'ignorer le nom, il était debout devant la fenêtre, les mains dans les poches de sa veste, semblant regarder la pluie ricocher sur les pavés de la ruelle. J'aurais voulu dire quelque chose, mais quoi ? Que j'avais vu l'un en concert plein de fois et que l'autre me disait aussi quelque chose ? Que revenir dans ce quartier après tout ce temps me rappelait une copine qui elle-même me rappelait un mec jamais rencontré ? Alors je restais là sans rien dire, adossée à un mur, espérant qu'ils finiraient par en parler d'eux-mêmes. Peut-être même qu'il allait débarquer ? Si Eudeline était toujours en vie, c'était forcément ces mecs-là qu'il voyait. Mais ils n'en ont pas parlé.

Après je ne sais plus bien. J'étais recroquevillée contre Mike sur le lit, j'avais fini par m'asseoir près de lui quand il s'en était fait un deuxième. On ne peut résister que jusqu'à un certain point, et elle était assez bonne pour que je m'en foute de me retrouver là, sur ce lit trop mou avec cet ex dont je ne voulais plus depuis longtemps. Le troisième type était parti et Thunders faisait je ne sais quoi debout, mais je n'y prêtais guère attention. Finalement, dans ces moments-là, on n'est pas grand-chose d'autre que quelqu'un qui a son compte, quelqu'un de transparent qui se trouve ici mais qui pourrait aussi bien être ailleurs, du moment qu'il a chaud en dedans et que tout le reste est sur pause. Par instants tout de même, une sorte de conversation se déroulait dans ma tête, je demandais à Thunders si New York et le CBGB avaient vraiment été tels qu'on l'imaginait maintenant, et si c'était vraiment ce taré de Dee Dee Ramone qui avait bousillé sa Gibson Junior...

J'ai dû finir par sombrer complètement, car quand j'ai rouvert les yeux c'était déjà l'aube. Mike me tournait le dos, et j'ai découvert l'autre derrière moi que j'ai heurté du coude en m'étirant. Il était étendu en chien de fusil, ses mains jointes entre ses cuisses resserrées, il n'avait retiré ni sa veste ni ses boots ni même déboutonné le col de sa chemise. Je me suis redressée doucement et j'ai enjambé Mike comme j'ai pu. Dans la petite salle de bains à l'ampoule trop criarde, il n'y avait sur le rebord du lavabo ni brosse à dents ni savon. Dans la chambre il n'y avait pas non plus de valise, de sac, de livre, de cassette, ou même ne serait-ce qu'un *flight case* de guitare. Aucune idée si c'était la chambre de Mike ou de Thunders.

J'aurais pu rester là à attendre qu'ils se réveillent, mais pour faire quoi ? En m'asseyant sur l'unique chaise pour lacer mes baskets, j'ai regretté de ne pas avoir d'appareil photo. À cet instant-là, dans toute la ville qui dormait encore, et très certainement dans tout le reste du monde, c'était probablement le seul endroit où se jouait une scène pareille : deux junkies flamboyants de satin sale et froissé, de talons plus hauts que ceux des filles et de Rimmel descendu sous les yeux, deux musiciens – mythe new-yorkais seventies pour le premier et émule londonienne consacrée à son tour pour le second –, deux étrangers endormis dans un hôtel minable, dans une ville dont aucun des deux ne parlait la langue, à des milliers de kilomètres de chez eux et abandonnés à leur pathétique quotidien de légendes rock'n'roll en bout de course...

Et moi, dans le miroir de la petite armoire en bois, tout simplement quelconque avec mon 501 et mes baskets. Pas du tout équipée pour coller au tableau, alors qu'avant, pendant des années ça avait pourtant été plus ou moins le cas... J'aurais pu rester là, c'était vraiment ce dont j'avais toujours rêvé d'être le témoin. Mais je sentais bien le genre de moments qu'on pouvait passer avec eux. Il y a un mot pour ça, un mot qui vient de je ne sais pas où mais qui veut dire exactement ça : la *loose*. Et bien que je n'eusse pas d'endroit particulier où aller maintenant que j'étais de nouveau de retour à Paris, j'avais quand même mieux à vivre que ça. Alors je les ai laissées derrière, en me souvenant que quand Mike et moi on se voyait à Londres, je me demandais souvent qui serait près de lui le jour où il virerait au bleu. Et maintenant je le savais : ce serait Thunders. Et c'est logique finalement : ces mecs-là sont comme les éléphants, ils se retrouvent entre eux. Mais alors qui sera près de Thunders quand son tour viendra ? Et Eudeline... où est Eudeline ?

Paris XVIII$^{e}$, avril 1990

Johnny Thunders est mort le même mois de l'année suivante, tout seul dans une chambre d'hôtel de la Nouvelle-Orléans, en s'injectant de l'acide de batterie qu'il a pris pour de la cocaïne. Patrick Eudeline est bien vivant et de nouveau installé vers Pigalle. Et aux dernières nouvelles, Sofi a été vue dans les rues de Montréal.

## DES MOTS COMME DE LA BRAISE

Il y a une photo que j'ai gardée sur moi pendant toute une année. Un tirage noir et blanc de la taille d'une carte postale, plié en deux dans la poche de derrière de mon pantalon, toujours, quel qu'il soit. La seule photo que j'aie jamais tirée moi-même, les liquides et les bacs installés maladroitement dans la salle de bains, des feuilles de papier noir collées sur la fenêtre. Une photo que j'appelais « l'image vivante », comme si elle contenait toutes celles décrites dans *L'Image fantôme*. Une photo d'une pile verticale de vingt-trois livres, gardés près de mon lit, à l'écart de tous les autres, même bien après qu'ils eurent tous été lus, comme s'il fallait pouvoir toujours poser la paume de la main sur le haut de cette pile.

Cette photo a fini par être emportée par un raz-de-marée de lessive, de même que ces livres ont tous disparu au fil des années, comme c'est souvent le cas quand on ne gagne pas encore sa vie et qu'on revend régulièrement ce qu'on possède. Ils sont partis les uns après les autres jusqu'à ce qu'il n'en reste plus un, de la même manière qu'ils sont tous revenus hier. D'abord progressivement au fil de ces dernières semaines, puis dans leur totalité, hier. Vingt-trois cadeaux, ignorant les posthumes, pour les quarante ans de S., ma colocataire. Parce que le jour de notre emménagement, S. avait déballé trois cadres, trois photos prises par lui dont un autoportrait. Et parce que durant toute cette année de cohabitation, on a passé notre temps à nous souvenir de lui. Au réveil, la nuit, ici, à Dourdan, en vacances, n'importe où, n'importe quand, chaque fois que se faisait sentir le besoin d'apporter une théière jusqu'au canapé et de s'y installer pour *parler*.

Hervé l'ange éclatant. Hervé l'archange aux pieds fourchus. Hervé le préféré des dieux précipité aux enfers. Hervé le joueur et le rieur. Hervé pervers et impudique. Hervé cruel et orgueilleux. Hervé la vieille tante acariâtre. Hervé aux mots comme de la braise...

Alors j'ai fait les bouquinistes et bacs à solde pendant des semaines, et petit à petit, les vingt-trois livres sont venus reformer la pile. Emballés séparément, et les larmes de S. redoublaient à mesure qu'elle les redécouvrait les uns après les autres... Maintenant il est six heures du matin et la grande fête d'anniversaire s'est terminée il y a peu. Sans S., qui s'est éclipsée plus tôt pour aller dormir chez son fiancé et échapper à un réveil d'apocalypse, me faisant promettre au passage de ne pas chercher à ranger d'ici son retour demain soir. Comme s'il était possible de rester tout un week-end dans ces ruines de bouteilles, de verres, de restes de nourriture et de cendriers. S. qui s'en est allée en laissant les livres là, à même le sol de béton du salon, à côté de la montagne de papiers et de rubans. Toujours moins de temps pour déballer qu'emballer... et pas de belle pile verticale près de son lit. Juste restés là, éparpillés à proximité des flaques de champagne, des miettes de gâteaux et des cendres.

Plus loin, à l'autre bout de cet espace ouvert, qui tient lieu de salon, dans ce loft qu'on nous sous-loue pour un an, il y a un escalier de métal qui descend à la porte d'entrée du rez-de-chaussée. Et depuis le canapé où je suis affalée, entre les marches de cet escalier, je peux distinguer un meuble sur lequel repose un casque intégral de moto vert olive. Il n'a rien de semblable à ceux que j'ai pu porter par le passé et qui n'ont jamais eu cette forme ni cette couleur. Le scooter garé dehors, dont on a le droit de se servir, n'a rien à voir non plus avec aucun des deux-roues successifs que j'ai pu conduire. Pourtant ce pourrait être aujourd'hui, avec ce scooter-là et ce casque-là... Ce pourrait être aujourd'hui que j'allumerais par hasard la radio pour apprendre qu'Hervé Guibert est mort hier, un vendredi, comme il y a dix ans. Et ce pourrait être aujourd'hui que je monterais sur ma mobylette, pour foncer vers cet hôpital de Clamart sans même regarder sur un plan.

Décembre, la nuit tombée, interdite de périph et d'autoroute. Le froid qui fait geler les doigts au point de se savoir incapable de freiner. Le vent qui cingle le visage et la gorge qu'on a oublié de protéger. L'appel d'air qui déséquilibre à chaque dépassement de voitures à pleine vitesse. Les plaques de verglas sombres qu'on devine çà et là. Décembre – Guibert éteint sur un lit de banlieue et une mobylette qui plafonne à quarante sur une nationale.

Je ne suis jamais arrivée à Clamart, je suis tombée en panne d'essence, aussi bête que ça. Et dans ces cas-là, c'est pour retourner d'où on vient qu'on lève le pouce. Car on ne débarque pas de nuit dans une ville qu'on ne connaît pas, à la recherche d'un hôpital dont on ignore le nom, pour se rendre au chevet de quelqu'un qu'on connaît encore moins. Une fille de vingt-cinq ans qui pleure toute seule au bord d'une route, soit on la découpe en morceaux, soit on la rend à ses parents. Parfois aussi, on s'en débarrasse à une porte de Paris pour ne pas savoir. Le casque a terminé dans une poubelle quand je me suis rendu compte que je le tenais toujours. Après, je crois que je me suis arrêtée sur un des ponts de la Seine, à moins que ce soit un autre soir. Beaucoup d'autres soirs, par la suite, à s'inquiéter pour un autre, qui comme lui écrit, et qui, si à l'inverse n'a jamais clamé avoir attrapé le sida pour combattre l'ennui, dit volontiers qu'il s'ennuyait jusqu'à ce qu'il l'attrape. Un autre qui aujourd'hui avale sa trithérapie qui lui bousille les dents et les os...

Ces vingt-trois livres, jamais remplacés ensuite, jamais, et ce matin de nouveau réunis. À quelques mètres de ces trois photos encadrées derrière le canapé. Les boucles de l'autoportrait dorées dans un rai de lumière, l'œil clair, vif, l'arrogance de toute la jeunesse, Hervé jubilatoire... Ces livres peut-être laissés là par S. pour qu'ils restent à part un moment, plutôt que d'aller rejoindre les autres tout de suite ? Peut-être que oui finalement. Parce que parfois, il y a des gens, on les aime à part, c'est comme ça.

Paris X^e^, mai 2001

## UNE NUIT AU BORD DE L'ÉTANG

En 93, j'ai passé toute l'année près de Dourdan, petite ville moche de l'Essonne, dans la maison de campagne que mon père et ma belle-mère venaient de faire construire. J'avais alors vingt-sept ans, et mon père, excédé qu'à mon âge je demeure incapable de payer mon loyer, m'avait installée là pour que j'en fasse l'économie.

La maison principale n'était pas encore habitable, ce qui explique que les visites de mon père et de ma belle-mère aient toujours été courtes à cette période. La petite maison voisine en revanche, destinée aux futurs gardiens, possédait déjà tout le confort et j'en avais donc la jouissance, en échange de quoi je devais surveiller le bon déroulement des travaux. Il y avait là un salon avec une cheminée, une cuisine spacieuse entièrement équipée, une salle de bains dotée d'une machine à laver, et à l'étage, deux chambres dont l'une était aménagée en pièce de travail. Tous mes livres de Paris s'y trouvaient impeccablement disposés sur des étagères, ainsi que des cartons remplis de versions successives de deux romans non publiés, et au centre de la pièce, trônait mon volumineux bureau en bois que je trimbalais depuis des années, de déménagement en déménagement, avec la ferme certitude qu'un jour un bon livre serait écrit dessus. J'étais donc surtout là pour m'atteler à un troisième roman, dans l'espoir d'une publication qui viendrait enfin récompenser l'inépuisable soutien de ma mère ainsi que l'attente de mon père. Mais bien entendu, de toute cette année-là je n'ai pas écrit une ligne. Sur le moment je rejetais la faute sur mon père, considérant que les petites corvées quotidiennes dont il me chargeait à distance m'empêchaient d'accéder à l'autisme requis. Puis par la suite, je serais forcée de reconnaître que la perfection des conditions de travail m'avait tout simplement paralysée, me maintenant dans un état contemplatif permanent de cette perfection.

Dans la continuité de la petite maison venaient ensuite les écuries, au-dessus desquelles s'étendait l'appartement d'Arnaud, *lad*[1] et « homme à tout faire » dont la personnalité à vingt-quatre ans me fascinait. De six heures du matin à huit heures du soir, tous les jours de la semaine et quel que fût le temps, torse nu ou emmitouflé dans une canadienne de cuir au col de fourrure comme un fermier du Montana, il se trouvait toujours affairé à quelque chose. Qu'on l'aperçoive menant les chevaux vers la forêt pour les faire galoper, qu'on le voie bêcher la terre, réceptionner des camions venus décharger divers matériaux, ou qu'on distingue simplement le ronflement de son tracteur à l'autre bout d'un pré, il ne s'arrêtait que lorsqu'il ne faisait plus assez jour pour continuer, après quoi il disparaissait chez lui jusqu'au lendemain. Pas très grand mais costaud, l'œil d'un bleu presque nauséeux et le cheveu blond coupé ras, qui faisait ressortir la rondeur de son visage rougi par les intempéries, il n'ouvrait pratiquement jamais la bouche mais adressait toujours un franc sourire quand on le croisait de près. Au début, il ne me témoignait que le distant respect habituel dû à la fille des maîtres de maison, puis une fois que j'ai eu appris à ne pas lui demander de m'emmener en ville quand il était occupé, ou à me taire quand je le découvrais immobile à regar-

1. Garçon d'écurie pour chevaux de polo, qui s'occupe aussi bien de leur entraînement que de leur entretien.

der vers le couchant, une sorte de complicité a fini par se mettre en place. Il me déposait alors de lui-même du bois pour la cheminée, me prévenait quand le temps allait changer, ou me faisait partager de la viande cuite au barbecue qu'on mangeait debout devant les écuries, sans échanger un mot ou presque, mais ensemble. Ce qui n'est pas rien quand on n'a pas d'autre compagnie. Il acceptait aussi de se relever la nuit, quand croyant entendre du bruit au-dehors, je lui téléphonais en lui demandant timidement d'aller jeter un œil avec son fusil.

Un soir de la fin du mois d'octobre, je me trouvais donc dans le salon comme tous les autres soirs depuis mon arrivée. Installée dans le canapé avec le chat endormi en boule contre moi, j'étais en train de regarder un film, quand j'ai commencé à percevoir un bruit bizarre. Ça ressemblait à la plainte d'un chien dans le lointain, et en même temps ça paraissait tout près. Je me suis levée pour aller ouvrir la fenêtre, et malgré le froid qui s'est aussitôt engouffré dans la pièce, je suis restée un moment à écouter. La plainte semblait vraiment venir de très loin, me laissant penser que ce que j'en captais ne devait être qu'un écho et qu'elle était donc d'une rare force. J'avais l'impression que ça provenait de derrière la façade ouest de la grande maison, là où le soleil tombait chaque soir sur l'épais rideau d'arbres qui commençait au-delà du pré délimitant ce côté-là de la propriété. Cette première portion de bois était séparée du reste de la forêt domaniale de Dourdan par une nationale, et il me vint à l'esprit qu'un chien devait être en train d'y agoniser après s'être fait heurter par une voiture. Mais en même temps, une sensation de malaise grandissante me disait que même s'il m'était tout à fait impossible de savoir précisément ce qu'il en était, je *savais* que ce n'était pas ça. Pourtant le chat continuait de dormir sur le canapé, il n'avait pas dressé l'oreille au commencement de la plainte, pas plus qu'il n'avait ouvert un œil en me sentant me lever. Pourquoi j'ai alors enfilé une grosse veste de marche de mon père, en chaussant mes bottes de caoutchouc et en me munissant d'une lampe torche – pourquoi je me suis hasardée au-dehors alors que l'isolement de l'endroit me faisait toujours frémir dès la nuit tombée, je n'en sais rien.

Il avait beaucoup plu ce jour-là, mes bottes s'enfonçaient dans la boue du chemin qui longeait le pré vers l'entrée de la forêt. Les chevaux étaient immobiles, semblant dormir debout comme ils le font généralement, indifférents à la plainte qui continuait de se faire entendre. La lune presque pleine éclairait largement autour de moi, aussi pour le moment je ne me servais de la lampe torche que pour regarder où je marchais, afin d'éviter les innombrables empreintes de sabots, et la désagréable sensation provoquée par le pied qui remonte brusquement dans la botte trop grande quand elle s'y empêtre. De temps à autre, je tournais la tête vers les fenêtres d'Arnaud qui restaient plongées dans le noir, tout comme la silhouette massive et figée de la grande maison que je laissais petit à petit derrière moi. Arrivée au bout du chemin, j'ai escaladé la petite barrière de bois provisoire dont la clé du cadenas était perdue, puis j'ai commencé à m'enfoncer dans le sous-bois. Dans cette courte section avant la nationale, le mince sentier entretenu était bordé d'arbustes dont les branches griffaient le visage si on ne prenait pas garde d'avancer courbé. La lune cachée par intermittence n'éclairait plus assez, aussi à l'aide de la lampe torche, j'alternais entre le sol sous mes pieds et les quelques mètres devant pour m'assurer que je ne quittais pas le sentier. La plainte continuait mais ne s'amplifiait pas à mesure que je me rapprochais de la route, confirmant qu'il ne s'agissait pas là d'un chien renversé. Il n'y avait effectivement rien sur la large bande bétonnée que je me suis hâtée de traverser, même s'il n'y avait aucun phare en vue d'un côté comme de l'autre. La lune éclairait de nouveau vivement et j'ai éteint la torche dont je n'avais plus besoin. Ou disons que je redoutais que son violent faisceau fasse de moi une cible facile, comme lorsqu'on a la sensation que quelqu'un nous épie à travers nos fenêtres et qu'on plonge alors brusquement la maison dans le noir, parce qu'on devient glacé d'horreur à l'idée d'être vu sans avoir la possibilité de scruter à son tour.

Une fois passée la nationale, la même perspective se répétait à l'infini : de larges échappées cavalières se succédaient jusqu'à des sortes de croisements, et qu'on décide de prendre à gauche, à droite ou qu'on continue tout droit, où qu'on aille on débouchait ensuite sur d'autres carrefours qui offraient les mêmes possibilités, et ainsi de suite. En cette période de mi-automne, la forêt était encore flamboyante de couleurs. De chaque côté des allées, à perte de vue s'étendait un curieux mélange de chênes centenaires, de pins, de charmes et de bouleaux. La journée, une forte odeur d'aiguilles de pins flottait et le soleil jetait mille reflets d'or sur les feuilles jaunes, ocre ou rousses. Des mottes de mousse d'un vert intense luisaient sur les troncs des arbres, et le sol détrempé formait un tapis de feuilles moelleux où se mêlaient des glands et des marrons. Il n'était pas rare non plus que le pied foule toutes sortes de champignons. La journée, aussi, le silence était toujours plus ou moins troublé par le régulier passage des voitures, par la brusque cavalcade d'une biche affolée, ou tout simplement par les nombreux bruissements des petits animaux vivant dans les taillis. Mais là, en pleine nuit, il n'en était rien. L'absence totale de sons commençait à me procurer un sentiment pesant, une sorte de solitude qui s'insinuait lentement en profondeur, et qui tout en me conseillant de faire demi-tour immédiatement, me paralysait à l'idée de me retourner ne serait-ce que pour mesurer le chemin parcouru jusque-là. La pâle mais constante réverbération de la lune donnait aussi un aspect cendreux au décor privé de couleur, écrasant l'immobilité des plus grands arbres et affinant l'apparence squelettique des plus petits. Des brindilles déjà prises sous du gel craquèrent sous mes pieds et me firent tressaillir. Je me rendis alors compte que la plainte avait cessé, et le temps de le constater, elle reprit. Tout me poussait à rebrousser chemin, mais c'était comme si je redoutais encore plus de revenir vers l'étroit sentier après la nationale, que de poursuivre sur ces larges allées. Par instants la plainte semblait toute proche, puis de nouveau elle se faisait lointaine. Je connaissais par cœur ce périmètre pour m'y être maintes fois promenée, et je sentais bien que ce que je cherchais n'était pas par ici. C'était vers l'autre partie de la forêt qu'il me fallait me diriger, celle que je ne connaissais pas et qui se poursuivait au-delà d'une autre nationale, qui devait se trouver quelque part sur ma gauche, au bout d'une de ces interminables allées.

Alors que je parvenais enfin à cette seconde route, où je marquai un temps d'arrêt même si de nouveau aucun phare ne se profilait, je vis surgir un cerf à une cinquantaine de mètres. Il s'immobilisa net au milieu de la chaussée, ses bois majestueusement dressés, et ses yeux qui vinrent fixer les miens brillèrent intensément, après quoi il détala. J'eus la sensation qu'il venait de la direction que je cherchais et qu'il s'en enfuyait, mais en même temps, l'appréhension de faire demi-tour demeurait plus forte que celle de poursuivre. Je continuai donc d'avancer, sans allumer la lampe torche que je serrais tout de même fermement avec le doigt sur le bouton. Je songeais à Arnaud que j'aurais dû réveiller, il m'aurait alors dissuadée d'y aller ou ça l'aurait amusé de se joindre à moi. Voilà ce qu'il fallait que je me dise : que c'était *amusant* d'être là, seule en pleine nuit, en quête de je ne sais quoi. Mais chaque fois que je levais les yeux vers les cimes des arbres si hautes dans le ciel étoilé, je reprenais conscience de l'endroit où je me trouvais, à savoir dans une immense forêt immobile où une chose ou une autre pouvait brusquement décider d'ouvrir les hostilités. Je constatai de nouveau que la plainte avait cessé, et ce faisant, elle reprit. À ce stade, je dus admettre qu'il pouvait très bien s'agir d'un chien dans la cour d'une ferme à quelques kilomètres et que je perdais mon temps. En arrivant à un croisement, je vis qu'en face, l'allée qui continuait rétrécissait en descendant et semblait mener à une cuvette. Il devenait ridicule de s'enfoncer plus encore, je décidai donc de prendre à gauche pour retrouver la nationale et rentrer à la maison par la route. Ça ferait un bon détour, et la nuit on a certes plus de chances de tomber sur un malade au volant d'une voiture qu'à pied en pleine forêt, mais je préférais marcher à découvert. La plainte se faisait maintenant entendre sans discontinuer et je ne songeais plus qu'à rattraper la route, hâtant le pas l'air de rien en jetant de furtifs coups d'œil par-dessus mon épaule. C'est alors que je le vis sur ma droite.

Je restai d'abord pétrifiée, le souffle coupé, puis je clignai des yeux plusieurs fois comme on est censé le faire quand on croit soudain être en proie à une hallucination. Mais c'était bel et bien là... à quelques dizaines de mètres dans les fourrés. J'aurais dû m'approcher. Après avoir parcouru toute cette distance, j'aurais dû trouver le courage de le faire. Mais je restai figée au bord de l'allée, à regarder entre les branches des arbres sans oser remuer le moindre muscle. Je n'avais jamais entendu parler d'une sorte d'étang par ici, mais je n'avais surtout jamais entendu parler tout court d'eaux bouillonnantes. On aurait dit un jacuzzi dont on aurait poussé la puissance à fond. De gros bouillons troubles gargouillaient furieusement dans des vapeurs légèrement verdâtres, formant de larges bandes opaques qui se déroulaient et s'enroulaient sur elles-mêmes. Et au-dessus flottait le corps d'un adolescent. Entièrement nu mais sans que les parties en relief soient nettement dessinées, ce corps d'un blanc laiteux ondulait lentement dans les bandes de vapeurs qui le soutenaient en apesanteur en s'entrelaçant autour de lui. Il faisait chaud, presque moite, et malgré la distance, je pouvais distinguer que ce corps comme flou, comme enveloppé d'un halo de phosphorescence, était couvert de gouttes de sueur qui scintillaient vivement tels des éclats de cristal. Je pouvais aussi voir les traits de son visage, inhabituellement fins pour un garçon, semblables à ceux d'un faon, ou une sorte de créature de la forêt. Je voyais également la texture lisse et soyeuse de ses longs cheveux blonds qui ondulaient mollement sous lui, semblant suivre le mouvement de ses bras. Ses mains se déployaient gracieusement telle une révérence, ou comme ce geste qu'on peut avoir, quand après avoir gravi une colline, on se retourne sur une vallée et qu'on écarte alors le bras pour mesurer l'étendue qui s'offre à perte de vue. L'air s'est brutalement refroidi, tandis que j'ai remarqué deux gros troncs d'arbres qui faisaient lentement ployer leurs branches pour se saisir du corps. J'ai alors senti l'angoisse enfler dans ma gorge jusqu'à ce que se forme un cri – et je me suis réveillée en sursaut.

Je me trouvais toujours sur le canapé du salon, avec le vent qui s'engouffrait par la fenêtre restée ouverte, faisant gonfler les rideaux. La lourde couette de mon lit pesait sur mes jambes, et bizarrement j'étais en bas de survêtement avec un sweat-shirt. Je n'avais aucun souvenir d'être montée me changer puis d'être redescendue avec la couette. J'ai cherché le chat des yeux, j'ai soulevé une partie de la couette et l'ai découvert près de mes genoux. Le canapé n'était pas assez long pour que je puisse m'y allonger dans toute ma longueur, et j'avais des courbatures d'avoir dormi les jambes repliées, mais je n'avais pas le courage de me traîner jusqu'à ma chambre. Je me suis quand même levée pour aller refermer la fenêtre, et surtout les volets, geste que je faisais pourtant machinalement dès le soleil couché tant j'avais peur ici. J'ai souri en constatant que je mettais une vidéo pour ne pas m'endormir dans le noir, alors que dans le rêve j'étais partie dans la forêt toute seule. Puis alors que je sombrais de nouveau progressivement dans le sommeil, j'ai songé qu'avec ce rêve, mon inconscient avait probablement voulu me montrer que la vie à la campagne est moins effrayante qu'il n'y paraît, et que je ferais peut-être bien de me détendre pour profiter du reste de mon séjour ici.

Le lendemain, en me réveillant enfin complètement, je me suis encore demandé comment j'avais pu monter me changer et redescendre sans m'en souvenir. Il était près de treize heures, chose encore plus surprenante pour moi qui me réveillais toujours aux aurores, mais explicable vu que j'avais dormi entièrement dans le noir à l'inverse d'en haut où il n'y avait pas de volets. J'ai allumé la télé pour regarder les infos, puis en attendant qu'elles débutent je suis passée dans la cuisine faire du thé. Et tandis que je revenais m'asseoir dans le canapé avec ma tasse, on annonça, outre la mort de Fellini survenue dans la nuit, celle de River Phoenix.

Je suis restée figée à écouter le récit biographique en voix off par-dessus la succession d'extraits de films... Jeune acteur américain de vingt-trois ans entré brusquement en convulsions sur le trottoir d'une boîte de Los Angeles, puis décédé peu après, très certainement d'une overdose accidentelle de drogues multiples. Fils aîné d'un couple de missionnaires itinérants, avec quatre frères et sœurs également tous acteurs et également tous affublés de noms liés à la nature. Devenu soutien de famille très tôt avec un début de carrière à l'âge de dix ans, une nomination aux Oscars à dix-huit et un total de dix-sept films en treize ans. Fervent défenseur de l'environnement, des droits de l'Homme et des animaux. Végétarien et végétalien qui refusait de porter du cuir, allant jusqu'à décliner les offres de pubs pour des marques de jeans dont l'étiquette était en cuir... La voix laissa ensuite place à celle de River Phoenix en interview, qui disait que son rêve ultime était d'acheter des centaines d'hectares de forêt tropicale pour en faire un paradis – et le visage qui s'encadrait maintenant en gros plan était celui d'une créature de la forêt.

Je me suis précipitée vers la fenêtre que j'ai ouverte en grand pour respirer. Arnaud qui passait par là m'a fait un signe de la main. « Au fait, il a dit en s'arrêtant, je t'ai vue avec ta lampe cette nuit, y avait un problème ? » Il est resté immobile un instant, les yeux rieurs, puis voyant que je ne réagissais pas il a continué son chemin. J'ai refermé la fenêtre lentement, je me suis retournée vers la télé où il était maintenant question de sport. J'ai traversé la pièce vers l'entrée, j'ai baissé les yeux vers l'emplacement où je rangeais habituellement mes bottes sous les portemanteaux, elles ne s'y trouvaient pas. J'ai gravi l'escalier quatre à quatre, notant les marques de boue sur les marches. J'ai fait irruption dans ma chambre que j'ai embrassée du regard, aucune trace des bottes ni de mes vêtements de la veille. Je suis passée dans le bureau, rien non plus. J'ai alors pénétré dans la salle de bains où j'ai découvert la porte-tambour de la machine à laver ouverte. À l'intérieur, mes vêtements de la veille étaient fourrés en boule. Et les bottes étaient là, toutes crottées de boue sur le carrelage, à côté de la veste de marche de mon père.

Paris, 2002

## LA FENÊTRE DE LA CHAMBRE

(Journal)

*Lundi 12 avril*

C'est arrivé par hasard. Je faisais un tour pour repérer ce nouveau quartier où je viens d'emménager. Je marchais tranquillement quand tout d'un coup il s'est mis à tomber des trombes d'eau. Ne distinguant ni Abribus ni bâche de magasin où m'abriter, j'ai poussé la première porte que je voyais, celle d'une clinique vétérinaire. Histoire d'être polie avec la réceptionniste, j'ai demandé le premier truc qui me passait par la tête : s'il est normal qu'un chat boive tout le temps. C'était samedi matin, avant-hier. Maintenant on est lundi, et si sur le moment ça ne m'avait pas exaspéré que cette réceptionniste me sente trop fauchée pour amener le chat, jamais je n'aurais pris le prochain rendez-vous de libre, aujourd'hui.

Le véto a suggéré une prise de sang pour contrôler le taux d'urée. La bête et moi on a attendu dans la salle d'attente. Elle dans sa boîte sur une chaise, et moi sur la chaise voisine avec les doigts passés dans la grille. La pièce était déserte, les murs tapissés de posters aux infos écrites en gros pour pouvoir être lues depuis n'importe quel angle. Tous les chats représentés étaient bariolés et obèses comme ceux qu'on voit toujours sur les boîtes de nourriture. Ma bête à moi était d'un noir profond et fine et magnifique et je n'avais aucune envie d'être là. Le véto a attendu que je me sois rassise en face de lui pour parler. Il a dit qu'on n'allait pas bien, pas bien du tout et qu'il n'y en avait plus pour longtemps. La bête a les reins foutus. À tel point que c'est incompréhensible qu'elle ne soit pas déjà... Avec des piqûres de je-ne-sais-quoi matin et soir, on pourra peut-être retarder un peu l'échéance, et encore.

J'ai hoché la tête en le regardant faire la première piqûre, même si je savais bien qu'une fois à la maison, je serais incapable de répéter le geste. Jamais je ne pourrais enfoncer une si grosse aiguille, comment pouvait-il m'en charger d'ailleurs, me laisser repartir comme ça ? Il devait approcher la cinquantaine, avec de courts cheveux gris en brosse et des yeux trop bleus. Il était désolé, mais calme et résigné comme les médecins quand ils savent qu'on ne peut plus rien. En rouvrant la porte qui donnait sur le dehors, et sur le vacarme du boulevard Magenta déjà pare-chocs contre pare-chocs même le week-end, il a dit que si je ne constatais pas d'amélioration d'ici quelques jours, il ne faudrait pas trop tarder à la piquer. Il a ajouté que si ça ne tenait qu'à lui il le ferait dès maintenant, l'urée fait agoniser dans d'atroces souffrances. Puis en me serrant la main, il a encore ajouté, cette fois avec une certaine tendresse dans la voix, qu'à presque treize ans elle avait déjà eu une belle vie.

Dehors il pleuvait toujours. Je rassurais la bête à voix haute, je lui disais que tout allait s'arranger, que j'étais là, mais je marchais tellement lentement, tellement au hasard que sa boîte butait dans tout ce que je croisais. Je revoyais la fin du chat de ma mère, à quatorze ans, allongé de côté sur le tapis, les yeux vitreux, tandis que le type des urgences se tenait debout au téléphone, avec ma mère en vacances en Suisse et effondrée que ça arrive en son absence. Ma mère qui avait ensuite été écœurée d'apprendre qu'on aurait pu le lui conserver dans de la glace, pour qu'à son retour elle puisse l'enterrer à la campagne plutôt qu'il finisse à la poubelle. Parce que c'est là que les chats vont. Dans un sac plastique puis à la poubelle...

Au moment où je passais la porte de mon appartement le téléphone sonnait. J'ai tout posé le temps de répondre et c'était J., mon ex que j'avais quittée à peine quelques jours plus tôt. La veille de déménager très exactement. Le simple fait d'entendre mon prénom m'a fait éclater en sanglots. Je sentais bien que je n'arriverais pas à parler alors j'ai raccroché. Ça a évidemment sonné de nouveau mais je n'ai pas répondu. J'ai ouvert à la bête, je l'ai regardée sortir de la boîte avec circonspection, faire quelques pas puis s'arrêter pour lécher sa patte arrière gauche dont une partie avait été rasée pour la prise de sang. Ça faisait mal au cœur ce bout de patte brusquement tout râpé, tout gris, tout maigre. Je lui ai rempli un bol d'eau propre, je lui ai donné à manger, j'ai attendu qu'elle s'y mette, et là je suis ressortie, ma ligne de téléphone était restreinte en réception d'appels.

De la cabine du boulevard j'ai appelé ma mère, et le simple son de sa voix m'a de nouveau fait éclater en sanglots. J'ai dû raccrocher et rappeler deux autres fois avant de parvenir à articuler quelque chose, tant les hoquets qui se mêlaient aux sanglots ne laissaient passer que des gargouillis étranglés. Puis j'ai fini par arriver à le dire. À le formuler. Que la bête était condamnée. Il y a eu un silence presque bourdonnant tant j'ai senti sa force, puis ma mère a murmuré qu'elle comprenait, et ça a été la chose la plus cruellement vraie que j'ai entendue de toute ma vie. Je ne savais même plus si je pleurais pour ma peine à moi ou pour la sienne que la nouvelle ravivait d'un coup. Ma mère a fini par prendre le numéro du véto, celui de la cabine et me dire de ne pas bouger de là.

Habituellement, je suis toujours mal à l'aise de rester trop longtemps dans une cabine quand d'autres gens attendent. Je trouve toujours que ceux qui se comportent comme s'ils étaient seuls au monde sont bons à tuer.

Mais là je ne prêtais même pas attention à la queue qui commençait à se former. J'essayais d'essuyer mes larmes tout en suivant vaguement du regard des passants çà et là, et brusquement, en constatant qu'absolument aucun ne tournait la tête vers cette cabine dans laquelle je me trouvais, j'ai pris conscience d'une réalité suffocante : que non seulement chaque individu qui passait, là, pouvait lui aussi être en proie à un drame intérieur sans que personne alentour ne s'en doute ou ne s'en soucie, mais qu'en plus, cet état de fait devait se répéter à l'infini. Sur n'importe quel autre trottoir de n'importe quelle autre ville de n'importe quel autre pays du monde. Une réalité multipliée à des milliards d'exemplaires, qui rendait donc ce qui m'arrivait d'une banalité éclatante... Puis ma mère a rappelé pour dire que le véto acceptait de se charger des piqûres et qu'elle allait m'aider à payer tout ça.

Sur le lit, la bête se réveillait par instants pour lécher sa patte. Allongée de côté et tournée vers elle, j'appréhendais qu'elle m'interroge du regard, mais elle ne se doutait évidemment de rien. Elle dormait, se léchait, s'étirait puis se rendormait. Au bout d'un moment elle est allée se mettre dans le lavabo de la salle de bains. J'ai ouvert le robinet pour qu'elle puisse boire et je me suis assise sur le carrelage, dos au mur. Je me suis endormie comme ça un petit moment, à mon réveil elle était encore en train de boire.

En fin d'après-midi je suis retournée chez le véto pour la piqûre. J'ai senti mes jambes se dérober quand il a demandé qu'elle reste. Il a dit que sous perfusion, le nettoyage des reins sera plus efficace. Et il a redit que si le taux ne diminuait pas rapidement, il ne faudrait pas traîner. Ça aura duré cinq minutes. Le temps d'entrer, de la tenir pour la piqûre et déjà l'assistante l'emmenait.

Maintenant, chez moi, dans un appartement que je n'habite que depuis quelques jours, où rien d'autre n'a été déballé que le lit et où je n'ai pas d'autres images que la bête s'excitant sur les cartons pour essayer d'entrer dedans, je suis assise par terre et je regarde le mur.

Au début, quand je venais juste de rencontrer J. et qu'on était amoureuses, quand elle me demandait ce que je ferais si elle me quittait subitement, je disais toujours que je m'assiérais par terre et que je regarderais le mur. Que je ne serais plus capable d'autre chose que ça. Là, je crois que ça me serait égal de ne plus jamais rencontrer quelqu'un jusqu'à la fin de mes jours, du moment que la bête s'en sort.

Je suis assise par terre, je regarde le mur, j'écoute les battements de mon cœur, sourds, réguliers, et je prie. Comme les gosses, je dis que si on me rend la bête je ferai tout bien, que je ne me lamenterai plus jamais sur rien. Je me dis aussi une chose : que peut-être ma petite bête se croit abandonnée là-bas et elle se laisse mourir. Je me dis aussi que si je n'avais pas été à ce rendez-vous, tout aurait continué normalement...

Je finis par me jeter sur les cartons à la recherche de celui qui contient des photos. Et je regrette amèrement d'avoir balancé toutes celles qui étaient floues ou mal cadrées ou sans intérêt.

Plus tard je ne dors pas. L'idée même de me déshabiller et de m'allonger normalement me fait horreur. Je reste assise dans le noir du salon. Quand vraiment j'étouffe trop, je sors m'asseoir sur le palier. J'essaye de respirer. Calmer la panique qui me submerge par vagues de plus en plus fortes. La seule chose qui me fait tenir est de me dire que je dois lui envoyer des ondes positives.

*Mardi 13*

Quand en début de soirée J. sonne à ma porte, je n'ai pas encore dormi ni mangé ni ouvert la bouche depuis la veille, à part avec ma mère quand elle appelle, et avec le véto auquel je suis allée téléphoner trois fois comme il me l'a proposé (au réveil, après le déjeuner et avant qu'il ferme). Il ne sait pas si le taux a baissé, la bête se débat quand on essaye de lui faire la prise de sang. Elle crache, elle griffe, elle mord ! Eux ça les stresse parce qu'ils ne peuvent pas faire leurs examens, mais moi sur le moment ça m'a rassurée. C'était il y a des heures.

Je suis allongée sur le lit. Par l'embrasure de la porte je peux voir J. dans l'autre pièce, assise par terre sous la fenêtre et en train de dessiner sur ses genoux. Le fait que j'accepte qu'elle vienne avait dû lui redonner espoir, lui laisser penser que les circonstances me font avoir besoin d'elle. Mais en arrivant elle a bien vu qu'il n'en est rien et sa frustration se sent dans chaque geste qu'elle fait, chaque coup de crayon qu'elle donne est brutal, bruyant.

Pendant le sexe je ne pleure pas. Étendue sur le dos, je pense à la bête, toute seule en cage quelque part dans la clinique plongée dans l'obscurité. Ça fait des années que ma vie matérielle ne ressemble à rien, mais jamais je n'aurais imaginé qu'un jour, mon manque de volonté à gagner de l'argent me rendrait responsable de sa mort. Car c'est bien de ça qu'il s'agit n'est-ce pas ? Les yeux baissés sur les cheveux de J., j'accepte calmement l'issue de tout ça : qu'il est impensable que je reste si la bête part... J. demande plusieurs fois si je veux arrêter mais je fais signe que non. Quand ça devient enfin intense, je me laisse emporter, violemment, avec le fol espoir de ne pas retoucher terre, que mon pauvre cœur explose et que je me transforme en une sorte de passe-muraille pour aller chercher la bête et l'emmener avec moi. Puis l'espace d'une seconde, l'espace de la formidable et fulgurante brûlure, j'oublie enfin jusqu'à ce qui me détruit et pourquoi.

Ensuite, je sais que je vais dire une horreur mais je la dis quand même. Je dis à J. que je n'ai pas été amoureuse d'elle, que j'avais juste besoin qu'on s'occupe de moi et que c'est elle qui s'est trouvée là à ce moment-là. Et J. ne répond rien, ce qui laisse supposer qu'elle l'a toujours su.

Très vite elle s'est endormie, probablement pour fuir ce qui a été enfin dit. Je me demande à quand remonte la toute première fois que quelqu'un a décidé de domestiquer un animal. J'ai désormais la certitude qu'on ne devrait jamais posséder de chat, ou de chien, ou quoi que ce soit d'autre qui soit à ce point différent de nous. Qui ne puisse pas comprendre ce qui lui arrive, qui ne puisse pas *parler*. Si je ne peux pas emmener la bête faire le tour du monde pour lui montrer un tas de choses avant qu'elle parte. Je ne peux pas lui demander si elle se souvient du nombre de fois où je suis rentrée de boîtes plus tôt que prévu parce que j'avais envie de jouer avec elle. Je ne peux pas lui dire je t'aime plus que je n'ai jamais aimé personne, et toi, est-ce que tu m'as aimée... ?

Quand je sens que je pourrais enfin dormir, je me décale au pied du matelas, je n'arrive toujours pas à me faire à l'idée de m'étendre normalement.

*Mercredi 14*

Miraculeusement j'ai dormi jusqu'à midi. J'ai emmené J. déjeuner sur la place et c'était une mauvaise idée. République est le coin le plus misérable qui soit, le plus sale et les restaurants y sont si médiocres. J. répétait doucement que ce ne pouvait être qu'un coup de tête, que ce n'était pas vrai, que j'avais eu l'air heureuse avant et que je devrais lui redonner une chance. Qu'est-ce que je pouvais répondre à ça ? Quand on n'aime plus quelqu'un, tout ce qu'il peut dire nous glisse dessus. Sauf qu'en fait je l'avais aimée. J'avais aimé plein de choses chez elle et que j'ai revues pendant ce bref déjeuner. La perfection de son charmant visage poupon de gamine de dix-huit ans. L'intonation de sa voix toujours gaie malgré la fatigue de cumuler trois boulots pour aider sa mère remariée avec trois autres enfants. Sa générosité quand elle achetait le dîner avec le ridicule fruit de ses baby-sittings. J'avais vraiment aimé cette façon qu'elle avait de ne jamais se plaindre de rien. C'est juste que, pour une raison inexplicable, le sentiment amoureux n'a pas duré aussi longtemps qu'on l'aurait espéré.

À chaque fois que j'entre dans la cabine pour téléphoner au véto, mon ventre se tord comme à l'approche d'un rendez-vous avec quelqu'un qu'on essaye de récupérer. Probablement comme celui de J. chaque fois qu'elle appelle. Le véto dit qu'en plus de se débattre et d'empêcher la prise de sang, la bête bouffe le sparadrap qui maintient sa perfusion. Il veut que je vienne demain matin pour la tenir. Pourquoi pas aujourd'hui ? Et pourquoi je dois toujours appeler alors que j'habite à même pas cinq cents mètres ? Mais bon, il a peut-être raison en disant que ce serait pire aussi bien pour moi que pour elle.

La victoire est tout de même grande sur le chemin du retour, une toute nouvelle sensation, sorte de rage froide, solidaire, une force incertaine. Je fais de la télépathie à trois francs, je dis à la bête de tenir bon, que je suis tout à côté, à une rue de là, que j'attends juste le moment de venir la rechercher.

*Jeudi 15*

Je l'ai entendue gueuler depuis le fin fond du couloir où sont entreposées les cages et je riais d'avance. Le véto a réapparu en la tenant à bout de bras tellement elle se débattait, et je suis fière de dire qu'à la seconde où j'ai prononcé son nom, elle s'est immobilisée net. Ses veines sont aussi fines qu'un cheveu, ça fait mal au cœur de voir l'aiguille s'enfoncer là-dedans. Le véto et son assistante n'ont cessé de répéter qu'elle est complètement différente quand je suis là. Bien sûr ils croient dire ça pour me faire plaisir, mais moi je sais que c'est vrai. La vérité c'est que ma bête ne peut pas plus vivre sans moi que moi sans elle.

Elle est restée collée à moi pendant que la machine analysait le sang. Cette fois on n'est pas passées dans la salle d'attente, on a attendu dans le bureau et je n'ai même pas eu besoin de la tenir tellement je savais qu'elle ne chercherait pas à s'échapper. Elle sentait plein de produits différents, mais moi je devais sentir comme toujours parce que je l'entendais respirer dans mon cou. Son museau poussait derrière mon oreille comme pour s'y cacher, et moi je lui parlais muettement pour ne pas être trop ridicule.

Et là s'est alors produite une chose étonnante : ses résultats ne correspondent pas du tout à son état, ses taux ont encore augmenté et elle devrait logiquement être tombée dans le coma, or elle est en pleine forme. Exactement comme la première fois que je l'ai amenée. Le véto dit qu'elle a dû s'habituer au dysfonctionnement de ses reins, mais moi je pense qu'en fait tout ça doit être une gigantesque erreur... Je dois revenir demain pour de nouveau la tenir, mais je sens que bientôt on va se tirer de là.

*Samedi 17*

Chaque jour j'espère pouvoir enfin la ramener, et chaque jour ils la gardent encore. Mais je fais désormais preuve de patience. Même si j'ai bien compris qu'il ne s'agit pas d'une erreur, la peur qu'elle meure là-bas et qu'elle ne revienne jamais à la maison a disparu. Je sais qu'elle va rentrer et qu'on va avoir le temps. Un peu de temps.

Le véto continue de ne pas en revenir que son état ne se voie pas de l'extérieur. Il dit qu'elle se bat peut-être pour continuer à vivre. Ce qui voudrait dire qu'elle a hâte de me retrouver. Je n'en doute pas une seconde.

Je remange pour la première fois. Des céréales. Je consens aussi à entendre de la musique. Mais rien qui ait des paroles. Les chansons quelles qu'elles soient parlent finalement toujours d'amour, ou de perte, ou de gens qui se battent pour quelque chose. Alors j'écoute France Culture. Et je dors, aussi, mais tout habillée.

*Dimanche 25*

Je viens d'arriver à Dourdan, dans la maison de campagne de mon père, refuge désert à cette époque de l'année. De toute la semaine qui vient de s'écouler à Paris, elle n'a pas bougé du lavabo, j'ai passé mon temps à lui ouvrir le robinet pour la laisser boire. Le véto dit que c'est la fin. Alors je l'ai amenée ici, dans cet endroit où on est souvent venues et où elle a toujours bondi après les oiseaux et rapporté des souris sur mon oreiller. Et j'ai décidé que je resterai aussi longtemps qu'il le faudra. Et s'il s'avère que l'air de la campagne lui réussit, eh bien je resterai vivre ici.

*Lundi 26*

J'ai eu raison : elle disparaît des heures entières dans le jardin et à son retour il y a une vraie reconnaissance dans ses yeux. Je vais rester ici.

*Mardi 27*

Je passe du laisser-faire à la panique. Toute la journée je la regarde baver un liquide jaunâtre, avec le véto de Paris qui me répète par téléphone que c'est inutile d'aller la montrer au véto d'ici, puis cinq minutes avant que ce dernier ne ferme, il me faut l'emmener immédiatement, convaincre la gardienne de laisser en plan le dîner qu'elle prépare pour sa famille et me conduire au village, tout de suite.

Le véto d'ici avait les yeux trop bleus lui aussi. Elle a un abcès dans la gorge, le liquide qui reflue et qui la brûle l'empêchera bientôt de manger et de boire. Cette fois c'est vraiment la fin.

Le type n'a pas eu un mot de trop pour dire que c'est triste ou quoi. Ça m'a coûté quatre cents balles juste pour qu'il la regarde sans même la toucher, et pendant que je remplissais le chèque, il a simplement dit que je venais de le mettre en retard pour un truc important et que tant qu'à faire, je devrais laisser « l'animal » maintenant plutôt que d'avoir à revenir dans deux jours pour la piquer. Je n'ai pas pris la peine de lui demander à quelle profondeur on est censé creuser, ça se voyait qu'il était du genre à insister sur l'interdiction formelle d'enterrer des animaux chez soi.

Je creuserai demain matin, là le jour tombe trop vite.

*Mardi soir*

Elle est près de moi sur le canapé du salon. De temps à autre j'essuie son menton avec un Kleenex, mais en dehors de ça elle ne semble pas trop perturbée. Elle dort en boule, se réveille le temps de s'étirer en rejetant la tête pour me voir, puis se rendort.

Mais lorsque plus tard j'éteins pour monter me coucher, elle ne me suit pas. Pour la première fois ou presque depuis toutes ces années, tandis que je me glisse sous les draps, l'oreiller d'à côté est vide. Je reste un moment à le fixer, songeant que je devrais peut-être commencer à m'habituer dès maintenant, puis à la seconde où les larmes affluent, je rabats les couvertures pour aller la chercher. Je la trouve dans l'évier de la cuisine, et sa posture est tellement identique à celle de toute la semaine dernière que ça balaye d'un coup ces quelques derniers jours où elle avait l'air d'aller mieux. Pour calmer son miaulement quand je la déloge, je lui murmure que je ne peux pas faire autrement, que j'ai besoin de ça. Elle ne reste pas sur l'oreiller, elle saute par terre pour grimper sur un fauteuil à l'autre bout de la chambre. Je me retiens d'aller la rechercher mais je me relève pour fermer la porte.

*Mercredi 28*

J'étais vachement fière en me dirigeant vers le fond du jardin avec la pelle : si ma bête doit vraiment mourir, alors je l'enterrerai de mes propres mains. Je croyais surtout que ce serait facile. Ça m'a pris près de trois heures. Des racines partout, il a fallu changer deux fois d'endroit. C'était la première fois de ma vie que je transpirais autant, que je devais sans cesse essuyer de ma main la sueur qui me coulait dans les yeux. Dans les films on voit toujours un type se faire accompagner dans le désert où on lui demande de creuser avant de se faire buter... ben c'est des conneries, c'est pas si vite expédié. Pour bien faire il faudrait une boîte, sinon jamais je n'aurai le courage de lui jeter de la terre dessus.

On a fait de la balançoire, doucement. On est restées un long moment à l'ombre des arbres. De temps en temps elle rejetait la tête pour me regarder. Je me demande si j'oserai poser mes yeux sur elle, une fois que les siens seront fixes.

Depuis le début de la semaine j'écoute Sinatra en boucle. Enfin j'écoute surtout *My Way*. Quand elle est dans la maison, je l'installe sur le rebord de la fenêtre du petit salon pour qu'elle soit à la fois dehors et avec moi, et je lui mets ça. Je sais pas si elle aime, moi ça me semble bien convenir. En partant d'ici, je l'aurai tellement écouté que par la suite, chaque fois que je l'entendrai, ce morceau me ramènera invariablement à ce rebord de fenêtre.

Le soir, l'oreiller à côté de moi est de nouveau vide mais cette fois je laisse faire. Aujourd'hui elle n'a rien mangé.

*Jeudi 29*

Elle a passé la matinée dehors, comme chaque jour depuis notre arrivée sans que jamais je ne trouve où elle disparaît. Quand elle est à l'intérieur, elle ne décolle plus de l'évier de la cuisine. Il n'y a que depuis hier qu'elle ne mange plus du tout et pourtant elle maigrit à vue d'œil. Jusque-là je venais régulièrement la prendre pour l'installer où j'étais, elle restait un moment puis repartait vers la cuisine. Maintenant je lui fous la paix, je me contente de mettre *My Way* plus fort pour qu'elle l'entende où qu'elle soit.

Elle ne boit plus non plus. Par moments elle essaye mais ça se voit que ça lui fait mal. Alors régulièrement je presse un linge mouillé au-dessus de sa gueule que je tente de maintenir entrouverte. Je ne sais pas si elle apprécie mais je n'ai rien trouvé de mieux.

Régulièrement j'appelle le véto de Paris qui a gentiment demandé de le tenir au courant. On commence chaque fois par parler de ça, puis petit à petit on dévie sur d'autres choses. Ça n'a pas beaucoup de sens quand on se connaît si peu, mais au moins ça aide pour ensuite raccrocher. Il a redit que lorsque je serai sûre qu'elle commence à agoniser, il ne faudra pas traîner pour éviter qu'elle souffre trop.

Quand vers minuit je monte me coucher, l'oreiller d'à côté est encore vide mais cette fois je ne peux pas me retenir d'aller la chercher. Et cette fois elle reste.

Je ne dors pas. Je ne la regarde pas. Je ne regarde rien, je ne pense à rien. Elle est là, juste.

*Vendredi 30*

Au réveil elle était toujours sur l'oreiller. Je l'ai délicatement déposée par terre et elle s'est aussitôt couchée sur le côté. Je l'ai remise sur ses pattes et elle s'est recouchée. Je ne me suis jamais habillée aussi vite, mais après, je suis restée agenouillée là à ne pas savoir quoi faire.

Il y avait deux heures à attendre jusqu'à l'ouverture du véto. Deux heures à essayer d'évaluer l'avancée de son état, violemment partagée entre la conduire dès que possible, et attendre une visite à domicile pour lui épargner un trajet en voiture qui lui laisserait deviner une piqûre sur une table de métal. Quand le connard de l'autre jour a enfin répondu, il a dit qu'il ne pouvait pas venir avant cinq heures de l'après-midi. C'était dans beaucoup trop longtemps, mais en même temps je tenais tant à ce que ça se fasse ici...

J'avais prévu que le jour venu, je l'emmènerais faire une longue promenade pour lui dire plein de choses. Mais là, dès les premiers pas elle s'est agacée du mouvement.

Elle est restée un moment sur une marche de porte-fenêtre, en plein soleil. Puis étendue dans l'herbe sur une serviette. Puis de nouveau sur la marche, cette fois à l'ombre d'un volet. Chaque fois qu'elle me sentait me pencher sur elle, elle laissait échapper un râle rauque comme une voix d'homme. J'ai trouvé une paille accrochée à un pack de lait chocolaté, je m'en suis servie pour faire couler un peu d'eau dans sa gorge mais ça l'a fait s'étrangler. Après je ne savais plus comment m'excuser. Ça se voyait qu'elle aurait voulu trouver la force d'aller se cacher quelque part. Mais je n'avais aucun moyen de deviner où, c'était pas comme si on était chez nous. Tout en moi hurlait d'abréger ça tout de suite. Quand ses râles sont devenus continus, je l'ai montée sur le lit.

Il restait une heure. Je lui ai construit un genre de cabane dans les replis du couvre-lit et je me suis couchée à côté. Plus ça allait, plus elle avait l'air excédée de sentir ma présence. À un moment elle a rassemblé tout ce qui lui restait de force pour me balancer un coup de patte dans la figure. J'ai fini par aller m'asseoir par terre dans le couloir. Elle s'asphyxiait et j'étais assise là à ne rien pouvoir faire. Je pensais qu'en voyant la voiture du véto remonter l'allée, je me précipiterais vers le lit en sanglotant, au lieu de ça j'ai couru à la rencontre du type. Il ne montait pas l'escalier assez vite derrière moi, il mettait trop de temps à remplir la seringue. Une première piqûre la ferait s'endormir puis la seconde arrêterait les battements de son cœur. J'avais les larmes aux yeux mais j'avais hâte. J'ai gardé une main posée sur sa patte, je restais un peu en retrait pour ne pas gêner le véto.

Ensuite je n'ai appelé que ma mère et elle a dit qu'il fallait la laisser reposer, comme les humains, pour laisser le temps à l'âme de s'en aller. Je tenais sa patte. Même avec la gueule fermée, deux de ses dents pointaient. Elle avait les yeux fixes et c'était comme s'ils avaient fondu. Sans pupilles, ils paraissaient bleus, un bleu turquoise d'une profondeur insensée. Comme les pierres précieuses. Comme si tout s'y trouvait enfin réuni.

Je pensais que je ressentirais un drôle de malaise en soulevant son corps mort pour la serrer, mais ce n'était pas tellement différent. Je l'ai emmenée se promener un bon moment, jusqu'à ce que je me sente bête de trimbaler un chat mort. Un chat mort avec les quatre pattes tendues toutes raides.

Je suis restée devant la tombe jusqu'à la nuit, à lui parler, à lui décrire ce qui l'entourait et lui dire combien elle allait être bien, là.

Quand est venue l'heure de me coucher, je n'arrivais pas à m'éloigner de la fenêtre de la chambre. Dans la nuit, je ne pouvais pas vraiment distinguer le groupe d'arbres au pied desquels elle est enterrée, mais je ne parvenais pas pour autant à m'en détourner. J'étais étonnée de me sentir juste vide. J'ai alors vu l'appartement de Paris sans elle, et en une seconde c'est venu. Il n'y avait plus ni fenêtre ni chambre ni sol sous mes pieds, juste une chute si vertigineuse que quelque chose en moi a dû se mettre en place tout seul pour refouler ça. Car quelques minutes plus tard, ça a cessé aussi brusquement que c'est venu, me laissant simplement de nouveau vide.

*Samedi 1er mai*

Toute la journée j'ai brûlé d'aller la déterrer. Pour l'installer mieux, la serrer, ou juste la regarder. Je savais que c'était aujourd'hui ou jamais. Je savais aussi que si je le faisais une fois, après j'en aurais besoin constamment.

Ses pattes étaient trop raides pour entrer dans la boîte à chaussures que j'avais fini par trouver. Elle est sur une serviette, recouverte de mon tee-shirt préféré et pardessus j'ai fait une sorte de toit avec la boîte dont j'ai fendu les coins. Il a dû s'affaisser à la deuxième pelletée de terre, mais je n'en ai rien vu.

Je suis allée plusieurs fois sur la tombe. Accroupie devant, ou sur la balançoire pas loin. À ma dernière visite, j'ai eu l'impression qu'elle n'y était déjà plus.

Au moment de me coucher, de nouveau devant la fenêtre, le vertige est aussi violent que la veille. Puis au bout de quelques minutes, un cran de sécurité semble se mettre en place et je reste comme suspendue dans la chute. Comme si on me laissait le temps de choisir entre y retourner et en ressortir. Et puis tout cesse. Quelque chose en moi me protège du pire.

*Dimanche 2*

Je suis obsédée par sa position dans la tombe. Elle est sur le côté droit, celui sur lequel le véto l'a reposée après l'avoir soulevée pour vérifier que c'était bien fini. Or elle s'est endormie sur le gauche. La superposition de ces deux images me perturbe, je voudrais n'en avoir qu'une seule, je suis sans arrêt sur le point d'aller y remédier.

Chaque fois que je ferme les yeux, je la sens endormie sur mes genoux, ou qui s'étire sur ma poitrine, ou qui accourt dans l'herbe pour se faire caresser avant de repartir à la chasse d'une chose ou d'une autre. Je la vois sourire avec ses dents. Ses deux canines qui continuaient de pointer. Je m'en veux tellement de ne pas l'avoir eue sur mes genoux au moment de la piqûre. De ne pas lui avoir fait sentir au maximum que j'étais là, du premier jour de sa vie jusqu'au dernier. Tout ça pour ne pas gêner le connard. Une partie de moi sait qu'il n'y avait pas d'alternative, mais l'autre partie est hébétée d'avoir passé le coup de fil qui l'a tuée.

*Mardi 4*

Aller sur la tombe au réveil et me poster devant la fenêtre au coucher est devenu un rituel. Je n'ai pas la moindre idée de combien de temps je vais avoir besoin avant de pouvoir retrouver l'appartement de Paris.

Le téléphone sonne régulièrement mais je ne réponds jamais. Chaque personne qui essaye ici doit ensuite se rabattre sur mon répondeur à Paris, mais je ne l'interroge pas non plus. C'est comme si ma vie d'avant n'existait plus. Mon travail d'écrivain qui fait du sur place, ma famille, ma vie au-dehors, les heures que je passais au téléphone avec mes amis les plus proches, le souvenir de J. – tout ça a cessé d'exister.

Personne ne peut rien pour moi parce que personne, dans les gens que je connais, n'a jamais vécu d'attachement à un animal. À part ma mère. Mais ma mère a besoin de tout sauf de se replonger dans ses propres deuils. Personne de mon entourage, surtout, malgré une sincère compassion, ne pourrait entendre que cette mort est pire pour moi que s'il s'agissait de la leur.

Je pense à tout ce qu'elle a pu faire... comme prendre un avion, un train, un bateau, monter dans diverses voitures et même sur mon ancienne mobylette. Comme vivre dans tous les lieux différents où j'ai vécu, y compris l'Angleterre d'où je l'avais ramenée. Ou des choses comme goûter à toutes les nourritures que j'ai pu manger, écouter toutes les musiques que j'ai pu écouter, regarder tous les films que j'ai pu regarder. Puis je pense à tout ce qu'elle n'aura pas fait... comme choisir ce qu'elle avait envie de faire de son temps, s'envoyer en l'air, nager dans l'océan, voir de la neige, et parler. Me parler.

*Vendredi 7*

Aujourd'hui ça fait une semaine, et maintenant j'ai compris comment ça fonctionne. Tant que je suis soulagée de l'avoir libérée et que j'éprouve de la tendresse en évoquant des souvenirs, mes larmes restent plus ou moins douces. C'est quand je réalise que je ne vais plus vivre avec elle que le gouffre s'ouvre devant moi.

En même temps, je ne suis plus si sûre que ce soit de la terreur que je ressens. J'attendais d'en être tout à fait certaine, mais maintenant ça ne fait plus de doute. Quelque chose en moi est mort aussi. Jusque-là, quelle que soit mon humeur, j'étais toujours habitée d'un amour infini. D'une grande patience aussi, comme avec les enfants, quand on prend sur soi. Maintenant je ne suis plus habitée par rien.

Dourdan, mai 1999

## GARAGE BOY

En avril de l'année 82, ma mère photographe se trouvait en Inde pour un reportage de deux mois. Elle avait posé ses affaires à Auroville, un coin du sud où étaient alors installés mon oncle et ma tante, et elle sillonnait la région avec comme pied-à-terre leur maison. De mon côté, à Paris, j'étais en plein deuxième trimestre de seconde, pensionnaire aux *Oiseaux*, à Verneuil-sur-Seine d'où je revenais les week-ends, et je vivais de nouveau chez ma mère. Après deux années houlcuses chez mon père remarié, je venais de redébarquer quelques jours seulement avant le départ de ma mère, et celle-ci, ne pouvant en aucun cas l'annuler, n'avait eu d'autre choix que de me faire promettre de bien suivre les cours et d'aller passer chaque week-end chez mes grands-parents. Bien entendu, depuis un mois qu'elle était partie, je n'avais pas mis les pieds à la pension pas plus que chez les grands-parents. J'avais alors seize ans, je traînais avec des mods, des punks et bientôt des skinheads, je me gavais d'amphétamines et découvrais l'héro. Je passais toutes mes nuits dehors et toutes mes journées dans mon lit – autant de détails qui me rendaient déjà incontrôlable. Si bien qu'un matin, je décidai de ne plus jamais retourner à la pension, de tout bonnement arrêter les études. Ce que je n'avais pas prévu, c'était que mon père le découvrirait et que ça le ferait complètement disjoncter, au point qu'il débarque et me colle la seule et unique raclée qu'il m'ait jamais administrée. Soit quelques bonnes baffes bien senties, qui me firent abondamment saigner du nez et des gencives, m'épouvantant assez pour me donner le cran de détaler au gré des ruelles du quartier, avec le devant de ma chemise imbibé de sang, jusqu'à ce que j'atterrisse chez un ami d'où j'envoyai aussitôt un télégramme à ma mère. L'alternative qui vint le lendemain par téléphone était prévisible : soit je réintégrais immédiatement la pension, en me rendant chez mes grands-parents chaque week-end, soit ma mère laissait mon père me reprendre, avec la certitude d'une nouvelle école assez éloignée pour n'en revenir qu'aux vacances. Évidemment, aucune de ces options ne trouva d'écho dans ma petite tête en crise, aussi je restai cachée le reste de la semaine, jusqu'à ce que ma mère, malade d'inquiétude, excédée et déçue, m'intime de prendre le premier avion pour venir la rejoindre en attendant qu'elle trouve quoi faire de moi. Cette solution n'était pas plus réjouissante, mais la voisine chargée de me donner de l'argent régulièrement avait maintenant pour consigne de ne plus le faire, ne me laissant finalement pas le choix. Et c'est ainsi que je me suis retrouvée à faire mon sac, pour une destination que je n'allais ensuite plus jamais oublier.

Mon refus de ce lointain voyage d'un mois était tel que je me plus à remplir ce sac comme si je n'allais qu'à la piscine pour l'après-midi. Un maillot de bain, une serviette, mon walkman et seulement deux cassettes. La première était la B.O. d'*American Graffiti* – que j'écoutais déjà en boucle depuis quelques semaines – offerte par Marianne, qui mourrait six mois plus tard. Et la seconde, glissée par Sofi que je venais de rencontrer, avait été compilée par ses soins pour l'occasion avec comme titre « *It's alive* – K7 pour ne pas devenir une vieille hippie ».

Dans les papiers de ma mère se trouvait un petit livret qu'elle voulait que je lise avant mon arrivée, et que je feuilletai à contrecœur en attendant d'embarquer à

Roissy. La chose disait qu'Auroville (ville de l'aurore), était située à cent cinquante kilomètres de Madras, à la frontière sud du Tamil Nadu, sur un plateau bordant le golfe du Bengale. D'après la maquette de la ville encore en construction, vue du dessus elle allait avoir une structure en spirale : entièrement ceinturée de verdure, frein volontaire à l'expansion, elle serait faite de petits villages plus ou moins distants les uns des autres, qui formeraient des sortes de cercles concentriques, créant comme un mouvement d'intériorisation vers son centre. Ce centre, appelé le Matrimandir et à peine commencé, deviendrait un bâtiment sphérique aux parois recouvertes de disques dorés, entouré de collines en forme de pétales entrecoupées de promenades fleuries, et il renfermerait « l'enveloppe matérielle de l'âme » de l'endroit. Auroville étant une « communauté expérimentale d'intégration sociale »... Constituée de personnes venues de plus de trente pays différents, la collectivité déjà en place n'avait ni nationalité ni religion ni politique. Conçue pour accueillir à terme cinquante mille personnes, elle n'en comptait pour le moment que cinq cents qui y vivaient des récoltes, de la production de bougies, d'encens, de bijoux, de vêtements et de maroquinerie. Il n'y aurait là-bas jamais ni appât du gain ni inflation ni chômage ni pollution. Autrement dit Sofi avait vu juste : un gentil petit trou pour hippies...

De la douzaine d'heures de vol vers Bombay, je ne me rappelle que d'avoir grelotté, chaque fois que j'émergeais vaguement du brouillard du Valium, songeant que si c'était un de ces pays où la nuit se refroidissait, je n'allais pas faire long feu avec l'unique tee-shirt et la veste en jean que je portais sur moi. Des quelques heures passées ensuite dans Bombay en attendant le vol pour Madras, je n'oublierais en revanche jamais la chaleur suffocante, la puanteur des détritus et des excréments à même les trottoirs, le vacarme assourdissant du trafic noyé dans la poussière en suspension, et les enfants mendiants qui me collaient par grappes entières. La plupart avaient un bras ou une jambe en moins, voire les deux – mutilations paraît-il délibérées pour apitoyer plus encore les touristes... Je me souviens aussi d'avoir amèrement regretté mon appareil photo, car à mon retour, les mods ne voudraient jamais croire que l'Inde fourmillait de répliques exactes de vieilles vespas et lambrettas. Ça faisait d'ailleurs tout bizarre de les voir conduites à toute blinde par des types en bras de chemises, shorts et savates, alors que les mods aimaient à rouler lentement pour que la classe de leurs engins n'échappe à aucun regard, et en bons dandys qu'ils étaient, ils mettaient toujours un point d'honneur à *s'habiller* avant de sortir faire un tour. Je me rappelle aussi ma brusque détermination à passer tout le séjour avec le walkman sur les oreilles, pour ne rien entendre de ce pays qui m'était déjà hostile, et la tête du vendeur de piles quand il m'a vue en déposer une cinquantaine sur son comptoir. Puis des quatre heures de taxi vers Auroville, sur une route certes goudronnée mais aux bas-côtés de terre battue qui s'affaissaient dangereusement, je n'oublierais pas non plus la frayeur constante, à chaque coup de volant du chauffeur qui tentait d'éviter les autres voitures, les bus, les cars, les camions, les scooters et les vélos, eux-mêmes en slalom perpétuel pour contourner des vaches qui déambulaient n'importe où et d'innombrables piétons qui traversaient à tout bout de champ sans crier gare.

Et ensuite il y a eu Auroville. Les différents villages traversés, certains comportant quelques maisons rondes comme des espaces solaires, d'autres avec des toits de chaume aux ouvertures à même le chaume en guise de fenêtres, mais la plupart n'étaient encore constitués que de huttes. Puis il y a eu les gens, sur les chemins ou dans les jardins des habitations, en petits groupes ou tout seuls, tous affairés à quelque chose et pourtant infiniment calmes, posés. Et pour finir il y a eu la terre, à perte de vue, aussi rouge que le ciel était bleu, d'un bleu électrique uniforme, écrasant, entier.

Après il y aurait la *guest-house* où on m'avait réservé un lit, immense hutte desservie par plusieurs niveaux décalés comme des entresols, avec à chaque palier un espace contenant un matelas protégé d'une moustiquaire. Puis il y aurait ma tante, dont les grands yeux turquoise, identiques à ceux de ma grand-mère, rayonnaient de vivre là-bas, et mon oncle, qui ressemblait désormais à un pêcheur des îles avec sa fine barbe et son corps amaigri noué de muscles secs. Et puis ma mère, elle aussi dans son élément, à revenir l'espace d'une journée pour mieux repartir, chargée de ses sacs d'appareils photo et de pellicules. Ma mère au visage cramé par le soleil et au dos brisé par les périples, mais en train de faire ce qu'elle aimait, ce qu'elle faisait déjà avant ma naissance et qu'elle avait ensuite souvent dû délaisser pour m'élever. Et c'est à ce moment-là, cette année-là – tardivement si on sait que c'est censé se produire vers cinq ans ! – que j'ai pris conscience que ma mère et mon père avaient une vie en dehors de moi. Si je voulais continuer à déconner, je devrais au moins aller le faire loin d'eux, aussi bien pour arrêter de les torturer que pour les laisser vivre leurs vies... Mais de ce voyage, hormis tout cela, j'allais surtout garder d'autres souvenirs, trois précisément.

Le premier, c'est d'avoir découvert que j'étais une petite nature qui ne pouvait rien contre certaines choses. Comme de devoir m'accroupir trois semaines durant, à toute heure du jour et de la nuit, au-dessus d'un trou creusé dans la terre derrière un petit muret, en regardant d'un œil effaré la purée marron clair qui s'éjectait sans jamais sembler se tarir. La douleur, localisée dans le bas-ventre, était un mélange de la sensation éprouvée à l'approche des règles, et de celle que le trac peut provoquer. Une sorte de nœud glacial invariablement accompagné de sueurs froides et d'une faiblesse intense, comme après une prise de sang trop longue, avec parfois des vomissements, le tout laissant présager un possible évanouissement, là, la tête la première dans le trou en dessous, en plein soleil, avec la terreur d'y rester sans que personne ne le remarque.

Le deuxième, c'est d'avoir mangé strictement la même chose, chaque jour, à chaque repas, dans l'unique bâtiment en dur de ce village-là qui abritait la cuisine collective. À savoir du curry de légumes frits dans de l'huile de coco, toujours copieusement épicé et servi avec du riz qui ne calmait en rien la panique de mes intestins. Ce régime n'était pas responsable de mon état qui était surtout dû à la trop forte chaleur, mais comme je n'aimais aucun des crustacés souvent proposés à côté, il n'en était pas moins lassant. Aussi un jour, j'ai fini par supplier mon oncle de me conduire à Madras, à cent cinquante kilomètres, pour manger de la viande qu'on ne trouverait pas à Pondichéry pourtant bien plus près. Sous son œil amusé, j'avais alors ingurgité trois bons gros steaks avec trois portions de frites, le tout arrosé de trois Coca, et aujourd'hui encore, le cauchemar qui s'en est suivi reste le pire que j'aie jamais fait. Je m'étais endormie dans un hamac de la *guest-house*, et j'ai rêvé que je me retrouvais au beau milieu de la Seconde Guerre mondiale. Affalée à plat ventre dans une tranchée boueuse, je pouvais entendre siffler les tirs de balles, de canons et d'obus. Autour de moi ce n'était plus que cadavres déchiquetés et corps agonisants, et j'avais moi-même les deux jambes sectionnées au-dessus des genoux. En hauteur sur le champ de bataille, il n'y avait plus un seul soldat qui courait, que des corps tombés. Je ne pouvais pas voir l'ennemi, mais je savais qu'il se trouvait aussi bien derrière que devant et il n'y avait absolument aucun moyen de sortir de là. Chaque nouvelle explosion soulevait une partie de la tranchée, emportant au passage un nouveau bout de corps, mais aucun des rares soldats encore en vie ne jetait de regards alentour. Aucun ne demandait d'aide, chacun était comme tourné en lui-même. Des bruits d'armes automatiques se rapprochaient, laissant supposer qu'on venait achever les survivants à bout portant, et bizarrement, je savais que si je ne voulais pas mourir, je devais sortir du rêve. Une nouvelle explosion a arraché ce qui restait d'une de mes jambes – et je me suis réveillée. Je gisais à plat ventre dans la poussière, tombée du hamac dans lequel j'avais dû vouloir me tourner, et la légère douleur que je percevais dans une cuisse venait d'un bout de bois en dessous dont une aspérité avait un peu entaillé la chair. Ensuite il a fallu trois jours de diète pour me remettre de cette stupide initiative, dont un entier passé derrière le muret, où je finissais par somnoler à même le sol plutôt que d'avoir à ramper vers la *guest-house* pour en revenir un quart d'heure plus tard.

Et le troisième souvenir porte sur la musique que j'écoutais, du matin au soir, comme je l'avais décidé pour parer à toutes les pensées qui m'assaillaient. Les crises d'angoisse, quand je prenais conscience d'être si loin de chez moi. L'appréhension, au coucher, à l'idée de voir passer une énorme araignée velue sur le plafond de la moustiquaire. Ou encore l'accablement, à chaque réveil, à la perspective d'une nouvelle journée de chaleur suffocante. J'avais donc deux cassettes, mais je n'écoutais que la B.O. d'*American Graffiti*. L'autre, à la pochette montrant une photocopie de quatre types en blousons de cuir et jeans déchirés devant un immeuble délabré, ne me disait rien. C'était le genre de trucs dont je commençais à raffoler à Paris, mais là, j'avais envie de tout sauf de choses agressives. Je me contentais donc des classiques fifties et sixties, dont l'entrain parvenait presque à me faire me sentir au bord de la mer, en vacances. La mer, je ne l'avais pas encore vue une seule fois en trois semaines, car elle se trouvait à une demi-heure de marche et je ne m'en sentais jamais capable sous ce soleil meurtrier dès dix heures. Jusqu'à ce qu'un matin, j'oublie le walkman près des douches et qu'il soit volé. La perte de l'appareil en lui-même n'était pas un drame, il y avait toujours celui de ma mère, mais celle de la cassette l'était. C'était comme si je me retrouvais brusquement à nu, privée de la protection permanente que l'écoute de tous ces morceaux m'avait procurée jusque-là. Et pour ne pas céder à la panique, il a bien fallu passer à la seconde cassette.

Il n'y a pas de mots pour décrire le choc et le soulagement que ça m'a alors causé. Les morceaux compilés par Sofi étaient presque tous des reprises... *Do you wanna dance, Let's dance, Surfin' bird* – exactement les mêmes que sur la B.O. d'*American Graffiti*... Le groupe les jouait certes en accéléré et avec des chœurs moins audibles, mais quelle merveille ! Avec en prime une reprise de *California sun*, mon morceau préféré de tous les temps et qui ne se trouvait hélas pas sur *American Graffiti*. Ce jour-là était l'avant-veille du retour en France, et j'étais si euphorique que j'ai décidé d'aller enfin voir la mer. Je ne pouvais pas écouter *California sun* et ne pas marcher le long de la plage...

On s'y rendait par un chemin en descente, puisqu'Auroville était située sur un plateau, et les pieds s'enfonçaient sans relâche dans le sable plissé du sentier raviné par les moussons successives. On traversait d'abord un paysage de rizières et de champs de cacahuètes, aux feuilles d'un vert flamboyant qui se détachaient sur le rouge de la terre et le bleu du ciel. On pouvait y distinguer des paysans courbés à l'infini. Çà et là se dressaient un manguier ou un cocotier, à l'ombre desquels étaient postées de rares guérites vendant du thé et des sodas tièdes aux marques improbables. Puis on débouchait sur une route étroite qui longeait le littoral et qui rappelait celle de Madras, goudronnée avec les bas-côtés instables, à la différence qu'ici, de nombreux chars à bœufs se mêlaient à la circulation, indifférents aux autres véhicules dont les chauffeurs gardaient tous clairement le pied au plancher, occasionnant d'incessants coups de klaxon. Traverser ce bordel demanda bien une vingtaine de minutes, durant lesquelles je trépignais à la vue de la plage de l'autre côté de la route, déserte, bordée de palmiers et tapissée de sable blanc tout au long de l'immensité de l'océan.

L'eau était particulièrement claire et un peu trouble à cause du fond sablonneux. Elle s'avéra bouillante, et en y pénétrant je fus surprise de m'enfoncer jusqu'à la taille dès le premier mètre, ce qui ne laissait pas le loisir d'avancer longuement droit devant comme en Bretagne à marée basse. Mais j'avais la musique à fond dans les oreilles, un peu déformée par les piles usées mais tellement jouissive, j'avais aussi les yeux clos pour mieux savourer l'eau venant lécher mon corps qui semblait enfin respirer, et c'est comme ça que j'ai découvert les Ramones.

Après, de retour à Paris, je suis tombée amoureuse de Joey Ramone. De tout ce qu'il représentait – chanteur d'un des premiers groupes punks new-yorkais à avoir fait les grands jours du CBGB, là dès le début aux côtés de bien d'autres –, mais aussi de ce à quoi il ressemblait. Sa trop grande taille qui le faisait toujours poser derrière les autres sur les pochettes des disques. Sa façon de se tenir sur scène, voûté donc, sur son micro qu'il agrippait toujours à deux mains. Sa trop grande maigreur, avec ses cuisses de grenouille inlassablement moulées dans un jean délavé en lambeaux. Sa trop grande pâleur, à croire que sa peau n'avait jamais vu le soleil. Sa trop longue tignasse noire, qui lui mangeait la moitié du visage et lui donnait un air éternellement ahuri. Sa trop grande timidité, invariablement cachée derrière des lunettes de soleil qui corrigeaient aussi sa vue et supportaient des verres si épais qu'il valait effectivement mieux qu'ils fussent teintés. Son air de ne jamais plaire aux filles et de toujours être seul. Et puis sa voix bien sûr, bien plus juste qu'il n'y paraissait pour un « simple punk », bien plus chaude, bien plus mélodieuse, en vrai fan des sixties qu'il était, des Beach Boys aux Beatles en passant par n'importe quel petit groupe garage délaissé de l'époque.

Joey Ramone jamais arrêté pour possession de drogue ou d'arme à feu. Jamais non plus pour vol de voiture ou passage à tabac d'une fille. Jamais non plus pour attentat à la pudeur ou incitation à l'émeute – et pourtant c'était le chanteur du groupe le plus punk du monde. Plus d'une vingtaine d'albums en vingt-cinq ans de carrière, plus de deux mille concerts, et pourtant toujours banni des grandes radios et des émissions de télé importantes. Alors qu'encore maintenant, chaque fois qu'une bande de mômes se réunissent dans un garage avec l'intention de monter leur propre groupe, c'est presque toujours par une reprise des Ramones qu'ils commencent.

Joey entendu pour la première fois il y a tout juste vingt ans, dans un walkman aux piles ralenties sur une plage du trou du cul du monde. Et mort il y a tout juste un an. Devenant brusquement une grande personne atteinte d'une maladie, à la veille de ses cinquante ans. Alors que jusque-là, il avait été impossible de penser à lui autrement qu'à l'éternel ado auquel il continuait de ressembler. Impossible d'admettre que ce type, qui n'avait jamais changé d'allure et dont le visage ne portait toujours pas une ride, était devenu un monsieur...

Aussi maintenant il n'y a plus le choix : il faut admettre que passé trente ans, on n'est plus du tout immortels comme on le croyait, on n'est plus du tout des ados attardés, on est devenus des grandes personnes, qui peuvent être banalement emportées par des maladies de grandes personnes.

Paris, 2002

## TOUTE SA VIE

Je l'appelais Titili. Je n'ai jamais su quel rapport il pouvait bien y avoir avec son prénom qui était Élisabeth, mais c'était déjà comme ça que l'appelaient ma mère et ma tante qu'elle avait élevées avant moi.

Elle est morte peu avant que je quitte Ian, et peut-être est-ce ça, finalement, qui m'avait dissuadée d'essayer de sauver l'histoire. Pas capable de faire avec, pas envie qu'autre chose vienne s'ajouter à ça.

Elle est morte un matin de mai de l'année 85, et dix-sept ans plus tard, je continue d'en être malade de ne pas me rappeler son enterrement.

Je me souviens plus ou moins du télégramme de ma mère, envoyé au squat où il n'y avait pas le téléphone et qui disait d'appeler Paris au plus vite. Toute la journée les essais de PCV à la cabine du coin, et le répondeur qui s'enclenchait chaque fois sans que l'opératrice accepte que je laisse un message. Je m'étais alors rabattue sur mon père, avec lequel les rapports étaient très tendus à l'époque, et qui n'avait pas été capable de formuler la chose. J'avais dû finir par demander si elle était morte ou quoi, pour qu'il réponde quelque chose comme « C'est ça, oui, elle est morte ». Je me souviens plus ou moins de l'angoisse le lendemain, dans le taxi, à six heures du matin, en route pour l'aéroport de Heathrow, sachant que je devrais en descendre sans payer. Je crois me souvenir d'avoir couru comme une dératée, dans le hall encore désert à l'exception d'hommes de ménage avec des aspirateurs, et que le type n'était pas derrière moi. Après il me semble qu'on m'avait télexé un billet à un comptoir de British Airways, et que je m'étais endormie à peine installée dans l'avion. Et pour finir, une fois sur place, même si la scène exacte m'échappe, je sais que j'avais piqué une sacrée crise à la vue du cercueil déjà refermé.

Mais de la suite, je n'ai aucun souvenir. La voiture pour se rendre à l'église, la messe, l'adieu au cercueil, la voiture vers le cimetière, le discours du prêtre s'il y en a eu un, la mise en terre, la ou les nuits restées sur place, et enfin le retour sur Paris – tout ça a disparu. Envolé. Même pas une vague image, rien. Tout simplement parce qu'en arrivant là-bas, j'en avais rajouté une couche par-dessus le demi-gramme déjà pris au réveil.

La seule chose que je revois précisément, c'est le trajet avec le chauffeur de mon père venu m'attendre à Roissy pour me conduire tout de suite dans la Sarthe. Affalée à l'arrière de la Jaguar, j'avais gardé tout du long la main sur la poignée de la fenêtre que je n'arrêtais pas de baisser, tant l'odeur du cuir des sièges combinée à celle des Marlboro du chauffeur m'écœurait. J'étais presque allongée en travers de la banquette tellement j'étais défoncée, et bien que piquant du nez régulièrement, je ne parvenais pas pour autant à stopper le défilement de tout ce qui me revenait.

Les gants de toilette frais qu'elle posait sur mon front quand j'avais de la fièvre. Ma tête qu'elle soutenait au-dessus des toilettes quand je vomissais. Le sucre dont elle saupoudrait toujours mes tomates. Le jambon qu'elle passait à la moulinette et les reinettes qu'elle râpait. Et bien sûr les pommes de terre sautées que je réclamais à chaque repas, les meilleures du monde. Son petit corps voûté et fort qui venait inlassablement apporter le plateau du repas, devant la télé dont je ne voulais pas décoller. Sa patience chaque soir, assise au bord de mon lit, à attendre que je m'endorme avant de pouvoir elle-même aller se coucher. La masturbation découverte sur la tête d'un lapin en peluche, alors qu'elle se tenait à moins de cinquante centimètres de moi, stoïque. Les cours de russe qu'elle s'évertuait à me donner, en vain tant j'en voulais à son pays de ne pas l'avoir laissée revenir enterrer sa sœur, sous peine de ne pas la laisser repartir. Ses deux uniques robes bleu marine et noir, identiques, qu'elle alternait un jour sur deux et qui tombaient tout droit jusqu'en bas comme des sacs. Les bas qu'elle portait qui tirebouchonnaient en fin de journée, et ses cheveux qu'elle gardait toujours attachés. Un jour je l'avais surprise dans sa salle de bains, et j'avais été sidérée de découvrir qu'une fois défaits, ils lui arrivaient presque au milieu du dos. De beaux cheveux couleur neige très peu nombreux mais soyeux comme ceux d'un bébé. Il y avait aussi sa vieille armoire en bois écru qui abritait des tonnes de trésors, mais dont elle gardait toujours la porte fermée à clé après m'avoir surprise en train de fouiller. J'y avais aperçu des boîtes de bobines de fils de toutes les couleurs avec de magnifiques dés en argent, une collection de superbes cartes postales recolorées, et des paquets de lettres retenues par des ficelles. Des lettres de sa sœur probablement, qu'elle n'avait jamais pu revoir. Et puis des photos d'elle aussi, plus jeune, où je ne la reconnaissais pas. Comme s'il m'était complètement impossible de faire le lien entre cette femme de près de quatre-vingts ans qui était en train de m'élever, et cette autre qui avait eu vingt ans et posait au milieu d'autres « jeunes gens ». En dehors de son armoire, de son lit d'une place et de son petit secrétaire, sa chambre était remplie de livres qu'elle disait avoir tous lus. Souvent elle en choisissait un dont elle me faisait découvrir des passages. Je me rappelais aussi sa seule dent en bas sur le devant, qui faisait que bien souvent elle était la dernière à sortir de table. Et je revoyais son visage. Les plis partout, autour de la bouche, du menton, de la gorge. Les minuscules rides aux coins de ses yeux qui laissaient voir qu'elle avait beaucoup souri, et surtout ses doux yeux bleu pâle, d'une tendresse infinie, d'une dévotion définitive.

Et puis bien sûr, je revoyais la fois où je l'avais poussée et où en tombant contre le coin de son armoire, elle s'était ouvert l'arcade sourcilière. Je m'étais certainement excusée sur le moment, mais après tout ce temps je ne m'en souvenais plus, et maintenant j'aurais tout donné pour pouvoir le faire de nouveau. Encore et encore. Demander pardon jusqu'à la fin de ma vie à moi.

J'étais affalée seule à l'arrière de cette voiture, cette grosse berline en total décalage avec mon quotidien à Londres, et toutes ces images étaient là pour me faire prendre conscience que la personne à laquelle je tenais le plus au monde venait de s'en aller. Je me sentais plus que misérable d'être aussi salement défoncée pour la revoir une dernière fois. Et j'étais surtout complètement atterrée de me rendre compte que je ne m'étais jamais intéressée à sa vie, elle qui s'était fait un devoir de se lever chaque matin pour la mienne.

Plus tard je poserais les questions et je découvrirais alors l'inacceptable. Elle était la cousine de mon arrière-grand-mère, dont elle avait été très proche jusqu'à la révolution de 1917. Elle avait alors fui en Italie à l'âge de vingt-cinq ans, où elle avait épousé un Italien mort aussitôt de la fièvre Typhoïde. Elle l'avait aussi attrapée et avait perdu tous ses cheveux qui ne repousseraient plus jamais partout. Pendant la guerre de 39, elle avait atterri dans la Mayenne où elle avait enseigné le français et l'allemand appris durant ses études. Elle avait eu un fils avec un russe qu'elle n'avait pas épousé et qui était aussi mort rapidement. Puis à la fin des années quarante, restée très proche de mon arrière-grand-mère installée à Paris avec son fils qui venait de perdre sa femme, elle était allée vivre chez eux pour aider à élever la fille de celui-ci, ma mère. Au début des années cinquante la naissance de ma tante avait suivi, et quand quinze ans plus tard ça avait été mon tour, elle était toujours là. Elle avait remplacé ma mère qui faisait des études et qu'on trouvait trop jeune pour s'occuper de moi, et ce n'est que lorsque j'ai eu quatorze ans, et qu'on m'a envoyée vivre chez mon père, qu'elle était enfin partie s'installer près de sa belle famille, dans la Sarthe. Plus tard elle était de nouveau à Paris, pour une longue hospitalisation à la suite d'un triple pontage de l'aorte, et de mes visites quotidiennes à la Salpêtrière pendant des mois, je garde l'image de son petit corps qui avait terriblement maigri, comme un tout petit oiseau, avec sa peau blanche et fripée qui pendait de ses bras. Par la suite elle était partie dans une maison de repos vers Le Mans, puis elle en était ressortie parfaitement remise, et c'est la semaine de son retour chez elle qu'elle s'est éteinte dans son sommeil.

Elle est restée près de quarante ans chez nous, au détriment de sa propre famille qui nous haïssait viscéralement. Elle n'allait voir son fils et ses deux petites filles que le mercredi, comme une femme de ménage à laquelle on donne son congé. Elle avait d'ailleurs touché une sorte de salaire pour élever ma mère puis ma tante. Un membre de la famille certes, mais qui a toujours eu la plus petite chambre. De la taille d'un placard. Le membre le plus âgé, mais auquel on collait toujours toutes les corvées. La *parente pauvre*, alors qu'elle était issue de la même noblesse que mon arrière-grand-mère...

Elle était ma mère finalement, la vraie je n'ai appris à la connaître que bien plus tard. Et elle est morte alors que j'arrivais enfin à un âge où on aurait pu *parler*. Échanger. Se raconter. Elle est morte avant que je puisse la remercier de tout ce qu'elle a fait pour moi.

Paris, 2002

## LA PORTE REFERMÉE

*(Strangers when we meet)*

Quand une telle chose survient, ce dont on se souvient ensuite toujours, c'est comment on l'a appris, où on se trouvait et ce qu'on était en train de faire.

C'était un dimanche matin et je préparais mon sac pour aller prendre un train. Je partais dix jours au bord de la mer, dans une maison prêtée par des amis pour corriger et relire une dernière fois les textes qui précèdent. C'était le premier dimanche de février, et hormis N. avec qui je vis et qui était déjà sur place, je n'allais rien voir d'autre que la plage, encore entièrement désertée en cette saison. Je terminais de rassembler mes affaires quand le téléphone a sonné, je pensais que c'était le taxi qui prévenait qu'il était en bas.

Parfois les choses ne se passent pas comme elles le devraient, et en de pareilles circonstances, il est bien normal de l'accepter. La façon dont tout cela s'est déroulé n'en reste pas moins choquante : prévenue par la mauvaise personne, avec une première version insupportable, et par la suite, si je parviendrai à me tenir au courant des précisions découvertes au fur et à mesure, je ne le devrai qu'à ma persévérance. Car aucune de toutes celles rencontrées avec Delfine durant les sept dernières années, dont deux passées avec elle, ne se manifestera d'elle-même.

La question de rester ne s'est même pas posée. Pas seulement parce que dans des moments comme ça, il est logique de vouloir la présence de la personne qu'on aime, mais plus simplement parce qu'il fallait un mouvement. Monter dans le taxi, regarder la ville défiler, monter dans le train et laisser tout derrière, pour aller y faire face ailleurs.

« Delfine s'est suicidée et on l'a retrouvée ce matin dans le jardin. » Voilà ce qu'il a d'abord fallu entendre. Delfine qui aurait pris des cachets, et qui au petit matin, dans un dernier sursaut de vie, se serait traînée au-dehors. Delfine qui se serait sentie épuisée au point de vouloir en finir, et abandonnée au point de ne pas oser demander d'aide. Delfine forte comme un roc et toujours tellement entourée, *morte*, seule.

Voilà ce avec quoi il a fallu faire le voyage, dans le wagon entièrement vide d'un train qui filait certes vers un ailleurs, mais qui en même temps m'éloignait inexorablement de là où ça continuait d'arriver. Voilà ce avec quoi il a fallu continuer de respirer tandis que les minutes, les heures s'écoulaient. Tandis que le paysage reculait à pleine vitesse, décuplant le vertige de cette horreur à l'état pur.

Je n'arrêtais pas de la revoir à la clinique neuf jours plus tôt, je n'arrêtais pas d'entendre le coup de fil qui m'avait fait y aller... Elle dit : je suis dans une clinique en dehors de Paris, pour me reposer, et avant j'étais à Sainte-Anne pour décrocher. Elle dit *décrocher*, alors que depuis toujours elle était la seule à pouvoir se vanter de n'être jamais tombée accro. Je me rends compte que je m'étais promis de lui téléphoner quelques semaines plus tôt, après l'avoir vue à la télé avec une tête épouvantable, puis j'avais oublié. Je ne l'ai pas appelée depuis trois mois, depuis que j'ai rencontré N., et elle, pourquoi ne l'a-t-elle pas fait ? Elle répond qu'elle ne voit presque plus personne, que tout le monde la déçoit. Je demande s'il y a quelque chose que je puisse faire, et elle demande ce que j'ai à offrir. Je ris : rien de plus que ce que je propose depuis cinq ans qu'on n'est plus ensemble. L'amitié. Ce dont elle n'a jamais voulu car il lui faut de l'ambiguïté. Mais à ma grande surprise, elle répond pourquoi pas. Elle dit de commencer par venir la voir le lendemain, et je note une liste de choses qui lui feraient plaisir.

Le lendemain je suis pliée en deux par une crise de colite. N. dit que ce doit être l'angoisse de l'avoir sentie vulnérable pour la première fois, et l'appréhension qu'elle ait la même tête qu'à la télé, une sale tête lessivée, usée. Je réponds que rien ne presse, je peux y aller un autre jour. N. n'a certainement aucune envie de voir ma vie d'avant réapparaître, mais elle insiste : si j'annule, cette nouvelle amitié à laquelle je prétends aspirer commence très mal.

Delfine a la même tête qu'à la télé. La cafétéria de la clinique où elle m'emmène est sordide. Un baby-foot, un distributeur de boissons et quelques tables de réfectoire où trois filles boivent dans des gobelets en plastique en laissant tomber leurs cendres dans des cendriers en alu. Delfine les présente et me fait asseoir à côté. Elle tient à peine sur ses jambes mais elle reste debout pour déballer ce que j'ai apporté. Elle montre tout ça fièrement aux filles afin qu'elles voient qu'elle est entourée. Puis elle s'assied à côté de moi, et durant toute l'heure qui va suivre elle va parler, elle qui avant avait horreur de ça. Elle dit qu'elle a un psy maintenant, ici, et qu'en sortant elle en trouvera un autre pour continuer. Elle dit qu'elle est là pour un mois mais qu'elle va essayer de prolonger.

Elle dit qu'elle ne dort plus, qu'en fait elle fait une dépression. Elle dit qu'à part une ou deux personnes, la plupart des gens qu'elle connaît ne l'aident pas. Qu'on continue de l'appeler pour lui demander des plans ou lui en faire partager. À croire qu'on ne veut pas la voir changer. Elle se demande comment continuer à travailler la nuit sans fréquenter le milieu de la nuit. Comment rester elle-même, tout en devenant autre. Elle avoue qu'elle en a assez de mixer, qu'elle ne veut plus se consacrer qu'à ses propres productions, mais que plein de gens ne ratent pas une occasion de lui rappeler ce qu'elle leur doit. Elle dit qu'elle a envie d'une autre vie. Elle termine sur mes genoux tant je suis secouée, tant je n'en reviens pas de la découvrir si changée. De l'entendre enfin dire tout ce que j'avais espéré toutes ces années...

C'est grâce à N. que je l'ai revue. Il y a des gens qui parfois sentent des choses sans pour autant savoir ce que c'est. Et dans ce train qui continue de tracer, je pleure d'horreur à l'idée que j'avais failli ne pas y aller...

Toute la semaine il pleut, sur cette plage où la marée est tour à tour très basse ou très haute. Chaque jour ça se décale et chaque jour je prends soin de venir quand la mer a le plus reculé. Je marche alors droit devant, jusqu'à atteindre l'eau, puis je la longe d'un bout à l'autre, dans la pluie et le vent. Je passe là des heures à parcourir ce petit kilomètre dans un sens puis dans l'autre. Il n'y a que N. et moi et son chien sur toute cette étendue. Je regarde mes bottes de caoutchouc fouler l'écume blanchâtre. Je regarde N. qui garde ses distances avec le chien. Je regarde le large, et je n'accepte pas.

Plus là. Plus jamais sa voix au téléphone, plus jamais son visage. Plus jamais sa silhouette, son allure si particulière. Plus jamais son poids si léger sur mes genoux, plus jamais son odeur. Tout ça est impossible, tout simplement impossible...

D'autres fois je viens voir la mer s'inverser, revenir lentement. Le processus n'est pas le même. Autant elle se retire uniformément, autant en remontant elle s'insinue d'abord dans les creux restés pleins, isolant ensuite des pans de sable sur lesquels on se retrouve coincé si on n'y prend pas garde. La sentir refluer imperceptiblement met mal à l'aise. Ça prend des heures, mais on sait d'avance qu'elle va de nouveau recouvrir tout le sable, reprendre tout l'espace, le sien. Elle ne laissera plus qu'une petite bande avant les planches de bois qui séparent de la route, où le sable intact sera si mou que ça deviendra un effort d'y marcher, comme si le viol avait assez duré.

C'est en mesurant l'immensité grisâtre, avant de battre en retraite, que je prends conscience de l'aberration de la situation : je suis là pour relire un livre censé parler de la mort, et de la mort il n'y est finalement pas question. L'échec est peut-être dû au fait que les disparitions de ces gens remontent à loin, et que depuis le temps, ce qu'il m'en reste désormais ne sont plus que des successions d'images ou de sensations. Mais je sais bien qu'il n'en est rien. Certaines de ces disparitions sont récentes, et celle-ci n'en finit pas d'arriver. Alors quoi ? Je me rends à l'évidence qu'en fait je ne sais rien de la mort. Quand elle survient je ne réalise pas. Tout ce que je sais c'est que je ne reverrai plus jamais Delfine. Mais peut-être est-ce simplement ça, *réaliser*. N. prend une photo de la plage, la mettre en couverture de ce livre.

Je reviens aussi quand la nuit est tombée, et dans le fracas de l'océan, là, dans le noir, devant les vagues qui déferlent et écument, je pleure sans pouvoir m'arrêter. Je pleure parce qu'il n'y a pas moyen de savoir si elle a su. Si elle est tombée dans le coma avant ou si elle l'a vu venir. Si elle a été terrorisée. Si elle a souffert. Comment accepter que lorsqu'on meurt, on s'y trouve confronté *tout seul* ? Comment accepter que Delfine, notre Delfine, se soit retrouvée face à ça... Je la sens devant moi comme si elle était devenue tout l'océan à elle toute seule. Prisonnière de sa masse comme un bateau que l'ancre jetée retient sur place. Si près du but – comment une chose pareille a pu se produire ?

Maintenant il y a une autre version. Son dealer de Paris serait venu le samedi soir et elle aurait comaté dans la chambre voisine d'un nouveau copain. Dans la nuit il se serait réveillé, l'aurait vue dormir près de ses pieds et l'aurait soulevée pour qu'elle continue dans ses bras. Au petit matin, un infirmier qui passait aurait signifié qu'elle n'avait rien à faire là, et c'est en voulant la réveiller qu'on aurait constaté qu'elle ne respirait plus. Apparemment, la dose achetée n'était pas suffisante pour provoquer l'arrêt cardiaque qui pourrait être dû à une interaction entre deux médicaments qu'elle prenait, d'où demande d'autopsie par les parents. Et on aurait prié le nouveau copain de déplacer son corps pour le ramener dans sa chambre avant l'arrivée du Samu, ce qui est illégal, d'où enquête judiciaire.

Tout ça ne change strictement rien au résultat, mais je remercie Dieu ou qui on voudra que ce ne soit pas un suicide.

Cette clinique où elle était allée pour se sentir en sécurité et où on ne protège pas les gens de leurs faiblesses...

Plus tard il y aura l'enterrement. Près de quatre heures sans bouger, sans ouvrir la bouche ou presque. Le temps arrêté – et la pluie. Là tout du long. Dès le réveil, dès les embouteillages du petit matin, dès la longue traversée du cimetière gigantesque pour gagner le crématorium tout au fond. La pluie qui ne cessera pas au-dehors, tandis que dans la salle bondée, les lueurs de centaines de bougies projetteront des centaines de silhouettes sur les murs. Tandis que dans l'allée centrale, on défilera lentement pour approcher le cercueil et le toucher. Tandis que les yeux baissés, on écoutera un violoniste, en souvenir de son don pour l'instrument quand elle était enfant. La pluie à laquelle se raccrocher, quand ensuite on viendra soulever le cercueil afin de l'emporter sur une plate-forme, ne pas regarder le sol s'ouvrir pour le happer et le livrer aux flammes. La pluie toujours, en sortant fumer pour échapper un peu aux deux heures d'images projetées le temps de la crémation. Des récentes jamais vues et d'autres qu'on croyait oubliées, intactes. D'innombrables moments du quotidien et de la nuit que les parents découvriront probablement pour la première fois, hébétés par la techno qui les rythmera sans discontinuer. La pluie encore, ensuite, au long de la laborieuse marche vers l'emplacement de la tombe. Une pluie battante qui ne fluctuera pas, lourde, glaciale, mordante. Un déluge qui ruissellera sur absolument tout, sans répit, comme la colère qui s'abat. Là, en attendant qu'on vienne retirer la dalle de béton replacée sur le trou pour éviter qu'il ne se gorge d'eau. Là, en regardant le type du crématorium tenter d'y déposer l'urne sans glisser dans la boue. Là, en défilant de nouveau, cette fois pour laisser tomber une fleur. Là, dans le silence écrasant, dans l'attente d'une parole, de quelque chose, peu importe quoi, mais qui ne viendra pas. Là encore, une fois la plupart des gens repartis, alors que certains resteront pour ne pas abandonner les parents, ne pas les laisser comme ça, devant ça. Demeurer près d'eux, ne rien trouver d'autre à faire que régulièrement presser leurs épaules, leurs bras, mais demeurer. Là trempés jusqu'à la peau. À tel point que par la suite, beaucoup repousseront sans doute longtemps le moment de revenir. Attendre les beaux jours. Ne pas revivre cette pluie.

Ensuite il y aura l'errance, au gré des allées qui se croisent et se confondent, à essayer de retrouver l'endroit. Cet emplacement qui ne ressemblera plus en rien au jour de l'enterrement. Qui paraîtra trop petit ou trop proche de ses voisins, alors que ce jour-là, il prenait tout l'espace. S'asseoir là alors, devant, et ne pas comprendre pourquoi c'est encore la dalle de béton et pas une vraie tombe, une belle. S'asseoir là et se demander quel genre de plantes apporter la prochaine fois. À quelle fréquence revenir les arroser. S'étonner que le cimetière ne paye pas des gens pour y veiller. S'asseoir là, chaque fois, avec de la terre sous les ongles d'avoir remué, nettoyé. En sueur d'effectuer maints allers-retours à la lointaine fontaine pour remplir des bouteilles d'eau. Songer à acheter un arrosoir, chercher du regard où le dissimuler pour qu'il ne soit pas volé, et être affligé que même dans un cimetière les gens puissent voler. Rafraîchir toutes les plantes sans savoir laquelle a été apportée par qui. S'asseoir là, chaque fois, en se demandant qui vient, qui se souvient. Qui s'est remis à vivre normalement et qui y revient. Sans cesse essayer de comprendre, ce qui a pu se passer mais aussi ce que ça signifie, maintenant.

Se demander si elle en est malade, ou si elle s'en trouve soulagée. Si elle nous voit nous pencher sur son nom, ou s'il n'y a vraiment rien d'autre après, rien d'autre que des tombes pour ceux qui restent... S'adresser à cette tombe, lui poser des questions à voix haute, et apprendre à accepter qu'elles restent sans réponse. Puis repartir, chaque fois saisi par la beauté féerique de l'endroit, par sa verdure luxuriante, par sa vue si dépaysante depuis les hauteurs. Regretter quelque peu que ce soit là, dans ce lieu si fréquenté où surgissent constamment des touristes et des étudiants, mais être fier, malgré tout, qu'elle en fasse dorénavant partie.

Et tout s'arrête là désormais. À ce rectangle de béton dans le sol rocailleux de ce cimetière. Il ne reste plus que ça – et le dégoût. Dégoût pour quelques-unes qui, dès l'après-midi de l'enterrement, n'ont rien trouvé de mieux à faire que d'aller se défoncer ensemble, là même où elle avait longtemps vécu. Ces personnes qui n'ont pas pris la peine de changer de dealer, qui continuent de se ravitailler auprès de celui qui était allé à la clinique. Les mêmes que ça rassure de dire qu'elle a eu une mort rock'n'roll. Que ça lui est arrivé au même âge qu'au Christ, ou à la même date que Sid Vicious. Je ne vois pas ce qu'il y a de rock'n'roll à mourir si près du but, seule et visiblement incomprise par quatre-vingt-dix pour cent de son entourage.

Alors ce ne sera pas forcément légitime – car il serait bien plus juste de nuancer que de tourner le dos à tous et à toutes en même temps –, mais ce qui vient de se produire a pour moi définitivement refermé la porte sur le passé. Parce qu'il est des choses, comme l'inconscience ou la bêtise, qu'on ne peut pas pardonner. Des choses qui ne relèvent pas de la fiction d'un livre ou de la légèreté d'un samedi soir. Des choses qui ne s'effacent pas comme une méchante gueule de bois ou une mauvaise gerbe de dope pas bonne. Il est des choses qui sont vraies, comme le fait de mourir à trente-trois ans, sans avoir eu le temps de réaliser le quart de la moitié de ce qu'on avait à faire. Des choses qui nous atteignent, qu'on *laisse* nous atteindre, et qui font qu'ensuite, on ne sera plus jamais les mêmes. Et en ce qui me concerne, c'est bien le minimum que je puisse faire.

Deauville, 13 mai 2002

À l'heure où ce livre part à l'impression, l'enquête en cours n'a toujours pas révélé le résultat de l'autopsie.

# INDEX BIOGRAPHIQUE

Arnaud Leroy, étudiant, né le 22 février 1962 à Rennes, s'est pendu le 21 février 1986, à Londres, la veille de son vingt-quatrième anniversaire. Il est enterré dans sa ville de naissance.

Marianne Vasseur, lycéenne, s'est suicidée à l'aide de barbituriques durant l'automne 1982, dans sa dix-septième année. Elle est enterrée à Bagneux.

Ian Willcocks, étudiant, né le 13 février 1967 à West Molesey, Surrey, s'est défenestré le 19 mai 1991, à Londres, dans sa vingt-quatrième année. Il est enterré dans sa ville de naissance.

Louise Powell, mannequin, née le 15 février 1964 à Londres, s'est suicidée par le feu le 6 février 1988, à Londres, quelques jours avant d'avoir vingt-quatre ans. Elle est enterrée à Brookwood, Surrey.

Edith Minturn (Edie) Sedgwick Post, actrice, née le 20 avril 1943 à Santa Barbara, Californie, a succombé à une surdose accidentelle de barbituriques le 16 novembre 1971, à Santa Barbara, à l'âge de vingt-huit ans. Elle est enterrée à Ballard, Californie.

John Anthony (Johnny Thunders) Genzale Jr, guitariste, né le 15 juillet 1952 à Leesburg, Floride, a succombé à une injection d'acide de batterie le 23 avril 1991, à La Nouvelle-

Orléans, Louisiane, peu avant son trente-neuvième anniversaire. Il est enterré dans le Queens, New York.

Hervé Guibert, écrivain, né le 14 décembre 1955 à Saint-Cloud, est décédé des suites du sida le 27 décembre 1991, à Clamart, à l'âge de trente-six ans. Il est enterré sur l'île d'Elbe.

River Jude Bottom Phoenix, acteur, né le 23 août 1970 à Madras, Oregon, a succombé à une overdose de drogues multiples le 31 octobre 1993, à Los Angeles, Californie, dans sa vingt-troisième année. Ses cendres ont été dispersées autour du ranch de ses parents en Floride.

Jeffrey (Joey Ramone) Hyman, chanteur, né le 19 mai 1951 dans le Queens, New York, est décédé des suites d'un cancer lymphatique le 15 avril 2001, à New York, peu avant son cinquantième anniversaire. Il est enterré à Lyndhurst, New Jersey.

Élisabeth (Titili) Staroff Boretti, née le 13 novembre 1892 à Voronej, Russie, s'est éteinte de vieillesse le 21 mai 1985, à l'âge de quatre-vingt-douze ans, dans la Sarthe où elle est enterrée.

Delphine (Sextoy) Palatsi, musicienne, née le 7 octobre 1968 à Saint-Mandé, est décédée le 3 février 2002 à Nogent-sur-Marne, à l'âge de trente-trois ans, dans des circonstances pour l'instant encore inconnues. Ses cendres sont enterrées au Père-Lachaise.

Ces textes sont dédiés aux proches des personnes dont il est question. En remerciant Delphine & Joanne, Mané & Muriel, Simonetta & Stefano, Spider & Tsunami, Vincent, Anne, Juliette, Guillaume, Bruno, Christian, Mela, Thomas, mes parents et toute ma famille – entourage proche qui a l'élégance de rester en vie. Avec une pensée pour Élisabeth, Georges et Catherine. Et pour Olivier, Jeanine et Serge P.

## TABLE DES MATIÈRES

Librio

524

Achevé d'imprimer en Europe
à Pössneck (Thuringe, Allemagne)
en juillet 2002 pour le compte de EJL
84, rue de Grenelle, 75007 Paris
Dépôt légal juillet 2002.

*Diffusion France et étranger : Flammarion*